KATHLEEN DUEY

Katie et le cheval sauvage 1

Une rencontre inespérée

Traduit de l'anglais (américain)
par Catherine Guillet-Danison

Castor Poche Flammarion

Mes souvenirs d'enfance sont rythmés par le bruit de sabots : de sabots lancés au galop, feutrés par la brume d'un matin solitaire ; de sabots amis claquant gaiement le long du sentier qui bordait le canal ; de sabots martelant régulièrement, comme sur du bois creux, les chemins suivis lors d'une longue chevauchée par un après-midi de juillet ; de sabots étouffés par la neige, l'hiver ; de sabots, pataugeant en rythme, poursuivis par une pluie d'orage. Ce livre, je le dédie à mes amis de toujours, les chevaux de mon enfance : Buck, Ginger, Steve et Cherokee Star.

Merci à tous.

K.D.

KATIE
ET LE CHEVAL SAUVAGE 1
Une rencontre inespérée

Titre original :

Katie and the mustang, book I

Chapitre I

Ce jour-là, je me cachai pour que Mme Stevens ne me voie pas. Il faisait froid dans l'étable, mais pas autant qu'il le faisait normalement un début de mois de février. Nous avions eu une brève période de réchauffement, au cours de laquelle quelques mouches avaient éclos, puis les tempêtes avaient fait rage de nouveau. Les routes étaient bordées d'amas de neige salie.

Je resserrai ma veste autour de mes épaules. Elle était trop grande pour moi — elle avait appartenu à Mme Stevens —, mais ma robe, elle, commençait à être trop petite. Elle était presque usée jusqu'à la corde. Le gros tissu de laine bleue était passé et taché, et l'une des manches avait un long accroc qu'on avait ravaudé. Tout cela ne me dérangeait pas autant que le tiraillement que je sentais dans le dos.

Le soleil se levait à peine. J'avais déjà effectué mes premières corvées — le lait refroidissait dans la cuve, et le seau était lavé. Sur ce point, Mme Stevens était intransigeante. Chaque jour, dès que j'avais transvasé le lait, je devais nettoyer le seau au savon dans la bassine en fer-blanc. Tous les deux jours, je devais changer l'eau.

Je soupirai. Je savais que je devais retourner dans la maison et y commencer ma véritable journée de travail. Mais je ne voulais pas.

— Mon oncle Jack ne m'a pas écrit, dis-je à Betsy. Les gens disent qu'une lettre peut mettre un an ou plus pour arriver.

J'esquissai un sourire en me remémorant mon grand, mon bel oncle Jack, avec ses cheveux noirs et ses yeux bleus — et son air rieur.

Je respirai profondément et ma robe frotta contre les plaies dans mon dos. Elles n'étaient pas très profondes ; dans quelques jours, elles auraient disparu. Mais elles étaient douloureuses. Ma gorge se serra, puis, soudain, mes yeux me picotèrent. Je pinçai les lèvres, fort.

Je ne voulais pas pleurer. Peu importaient les larmes que je verserais, Mme Stevens ne changerait jamais.

Elle m'avait fouettée la veille... Elle était convaincue que j'avais pris une cuillère dans le service de couverts de table en argent de sa mère. C'était faux. Qu'aurais-je fait d'une cuillère ?

Mais Hiram Weiss était le seul autre suspect possible, et personne ne penserait jamais qu'il avait pu commettre un tel forfait. J'aimais bien Hiram. Il ne parlait pas beaucoup, mais il me souriait toujours en hochant la tête. Il venait de quelque part sur la côte est. Mme Stevens m'avait mentionné qu'il avait connu des malheurs là-bas. Elle n'en avait pas dit davantage. Je crois qu'elle n'en savait pas plus. Hiram était avare de ses mots. Mais tout le monde l'appréciait ; personne ne lui cherchait querelle. Il n'y avait pas plus imposant que lui — large, grand, lourd — et il était bien assez vieux pour avoir femme et enfants, mais il n'avait ni l'un ni l'autre. Mme Stevens se plaignait toujours des quantités de nourriture qu'il mangeait à sa table — mais pas devant lui. Les bons journaliers n'étaient plus si faciles à trouver depuis que tous ceux qui n'avaient pas de travail décidaient de plier bagage et d'émigrer vers l'Ouest.

— Je suis sûre que Mme Stevens a égaré sa satanée cuillère toute seule, grommelai-je.

Je repris mon souffle et ouvris la bouche pour continuer à parler à Betsy, pour lui raconter comment Mme Stevens m'avait regardée d'un œil mauvais lorsque j'avais maintenu que je ne lui avais rien pris, comment elle m'avait envoyée à la rivière pour y couper la branche de saule moi-même. Mais ce qui passa mes lèvres fut tout différent :

— En trois semaines, tout était fini.

Betsy écoutait sans me regarder. Elle ne me regardait jamais. Je me raclai la gorge.

— La fièvre s'est répandue comme un feu de forêt. Tout le monde le dit.

Je marquai une pause tandis que la douleur familière dans ma gorge s'amplifiait. Je ne pus même pas chuchoter le reste, comment la fièvre avait emporté maman, et papa, et Tess. Cela ferait bientôt trois ans, et j'avais toujours du mal même à concevoir que c'était arrivé. J'aspirais à me réveiller un matin et à découvrir que ce n'était pas vrai. Mais, chaque matin, j'ouvrais les yeux — sur la même vérité.

Betsy changea de position. Elle tourna la tête et me regarda en ruminant. Puis elle fouetta l'air de sa maigre queue et frappa le sol de l'un de ses sabots postérieurs. Dans la paille, une demi-douzaine de mouches frigorifiées s'élevèrent de quelques centimètres avant de se poser de nouveau. Elles avaient trop froid pour aller plus loin. Longuement, lentement, je humai l'odeur de la poussière de l'étable et du foin.

— Le jour de l'enterrement, repris-je, je suis restée assise dans le petit salon, pendant que les femmes des fermes voisines s'affairaient dans la cuisine.

Je m'arrêtai pour inspirer, puis expirer, assez longtemps pour me retenir de pleurer. Puis je poursuivis :

— Il y avait Mme O'Reilly, Mme Gleason et Mme Wittmann. J'ai détesté l'odeur de ce qu'elles préparaient dans la cuisine de maman. J'ai détesté qu'elles soient là, tout court, ajoutai-je dans un quasi-murmure.

J'avais six ans quand l'épidémie de fièvre s'était déclarée. Mme O'Reilly, Mme Gleason, Mme Wittmann : je me souvenais à peine de leurs visages — même chose pour leurs enfants —, et pourtant, j'étais allée à l'église avec chacun d'eux. Je n'en avais pas revu un seul depuis. Les Stevens n'étaient ni irlandais ni catholiques — ils n'étaient rien du tout. Nous n'allions donc jamais dans la petite église qui n'avait pas de prêtre, mais où tout le monde se retrouvait pour prier.

Je regardai par les grandes portes l'ombre de l'arbre à l'extérieur, et je soupirai. J'étais à trente-cinq kilomètres au moins de la propriété de mes parents, qui se trouvait dans le comté de Cedar. Je n'avais jamais demandé à y retourner, et Mme Stevens ne m'avait jamais proposé de m'y emmener. Pourtant, maman, papa et Tess étaient enterrés sur une crête derrière la ferme que mon père avait construite et dans laquelle j'étais née. Alors peut-être appartenait-elle toujours à ma famille. D'une certaine façon, peut-être était-ce toujours ma vraie maison.

Je pleurai un peu. J'étais habituée à pleurer. Puis je me retins, pour tendre l'oreille vers la porte d'entrée. Si Mme Stevens me surprenait à flâner, elle me ferait décaper au sable les marches de la terrasse en bois qui longeait la façade de la maison ; ou bien elle me ferait chauler* les cabinets, ou effectuer une autre tâche tout aussi désagréable.

Au début, elle enroulait souvent un doigt dans mes cheveux en me souriant et en me disant qu'ils avaient la couleur du maïs tendre dans les champs. Mais en un mois, tout avait changé. Je n'avais jamais compris pourquoi. Peut-être avait-elle pensé que je la considérerais comme ma mère — elle n'avait pas d'enfant. Mais je ne l'avais pas fait. C'était impossible. Ma mère avait ri tout le temps. Elle avait aimé les levers de soleil, aimé faire du pain, aimé jouer avec ma sœur et moi.

Au bout de ces trente premiers jours, Mme Stevens prit la plupart du temps un air irrité. C'était pire maintenant. Après mon dernier bain, elle avait tiré si fort sur mes boucles emmêlées qu'elle m'avait presque arraché le cuir chevelu.

— J'étais si soulagée quand M. Stevens m'a annoncé qu'il me prendrait avec eux, murmurai-je à Betsy. J'avais si peur que personne ne le fasse — les voisins les plus proches avaient des familles nombreuses qu'ils pouvaient à peine nourrir. Je sais qu'ils pensaient

---

* Blanchir à la chaux.

tous que ce serait le mieux pour moi, mais à présent...

Betsy agita les oreilles, le regard dans le vide, la mâchoire mastiquant lentement, sans arrêt. C'était une vieille vache laitière, une Jersey, et sa vie était simple. Le jour, elle mangeait ; la nuit, elle dormait. Elle se laissait traire matin et soir, sans bouger. Elle était heureuse de me voir quand ses mamelles étaient pleines et lourdes. Entre-temps, elle me prêtait moins d'attention qu'elle n'en aurait donné à une souche. Parfois, je l'enviais.

Je soupirai. Les chevaux étaient plus polis qu'elle lorsqu'il s'agissait d'écouter, mais ce matin-là, aucun n'était dans l'étable. M. Stevens avait attelé Delia et Midnight au boghei* et il était parti en ville. Quant à Hiram, il avait pris les chevaux de labour pour tirer le traîneau sur le sol à demi gelé près du ruisseau.

Les tiges de maïs de l'année passée étaient toujours debout, brunes et desséchées — une vague de pluie précoce avait empêché M. Stevens de s'en occuper. Hiram Weiss avait dit une fois que M. Stevens avait horreur des

* Sorte de petit cabriolet découvert.

travaux de la ferme. En tout cas, il n'était pas très doué. Pourtant, il ne semblait jamais manquer d'argent, et je m'étais souvent demandé d'où ce dernier provenait.

Hiram était un excellent cultivateur, mais, pas plus que moi, il ne possédait sa propre exploitation. Il m'avait dit une fois que l'État de New York, où il avait vécu pendant quelque temps, était rempli de gens qui ne trouvaient pas assez de travail pour manger, et que pour eux l'Iowa, et ce comté de Scott, était un paradis, comparé à ce qui se passait là-bas.

J'aimais bien Hiram. Il était arrivé, à la recherche de travail, l'année avant que la fièvre décime ma famille. Il me rappelait un peu mon père, en plus jeune. Papa parlait peu, mais il était toujours prêt à écouter les autres lui raconter à quel moment ils ensemençaient leurs terres, comment ils engrangeaient leurs céréales, et tout ce qu'ils faisaient entretemps. Lorsqu'il y avait assez de nourriture pour tout le monde, ma mère aimait cuisiner et recevoir. On avait donc partagé notre terrasse en bois avec des voisins, une ou deux fois par mois — quand ils passaient devant chez nous en se rendant à Davenport, pour s'y approvisionner en denrées non périssables, en sel, ou pour des démarches administratives.

Mme Stevens n'avait presque jamais de visiteurs. M. Stevens, quand il avait envie ou besoin de parler à quelqu'un, attelait son boghei et s'en allait — parfois jusqu'à Davenport — sans jamais prendre sa femme avec lui. J'étais certaine aussi qu'il ne lui était pas venu une seule fois à l'esprit de me proposer de l'accompagner, bien qu'il sache que j'avais envoyé cinq lettres à mon oncle Jack en un an, et que j'attendais désespérément une réponse de lui à la poste de Davenport. M. Stevens me remarquait à peine, excepté lorsque je faisais une bêtise.

— Je viendrai te traire tôt ce soir si je peux, dis-je à Betsy.

L'une de ses oreilles, cassées et retombant comme des entonnoirs, pirouetta.

Je soulevai le seau à lait et j'entendis soudain derrière moi un gémissement familier. Je jetai un coup d'œil par-dessus mon épaule en prenant une voix étonnée :

— Tigresse ? Qu'est-ce que tu veux ? Du lait ?

Mais Tigresse ne comprit pas ma plaisanterie. Elle s'étira en arquant l'échine. Elle m'écoutait parfois, mais seulement à la condition que je lui gratte les oreilles. Si j'arrêtais, elle s'en allait aussitôt d'un pas fier, les pattes raides, battant l'air de sa longue queue.

— Katie !

Je tressautai et mon cœur se mit à battre contre mes côtes.

Mme Stevens avait une voix semblable à une branche éraflant un toit en tôle quand elle l'élevait pour hurler — ce qu'elle avait l'air de s'apprêter à faire. Elle grimpait le chemin vers l'étable. Pourquoi n'avais-je pas entendu la porte d'entrée se fermer ?

À toute vitesse, j'arrangeai ma robe là où elle dépassait de ma veste tout en essayant de penser à une excuse que je pourrais donner. J'avais fini d'étendre le linge et j'avais coupé assez de bois pour le jour suivant, une heure plus tôt que d'habitude, juste pour me réchauffer. Mais cela lui serait égal. J'étais là, assise, oisive, et sans aucun endroit où me cacher.

— Katie Rose !

Je me levai et, en trois pas vifs, allai prendre une fourche accrochée au mur. C'était stupide. Hiram gardait les stalles propres et les allées balayées. Quelle corvée pouvais-je prétendre effectuer ?

Quand la porte s'ouvrit en grand, éblouie par la luminosité, je clignai des yeux. Un vieux frêne étalait son large feuillage juste devant l'étable, mais l'ombre qu'il produisait était transpercée par un rayon de lumière matinale. Sur fond de soleil, Mme Stevens m'apparut, dorée, comme un ange. Puis elle entra dans le bâtiment obscur, et redevint une femme de fermier aux lèvres pincées.

— Katie ! Qu'est-ce que tu fabriques ?

Je me gardai bien de répondre. Toute explication serait mal prise, surtout la vérité. Comment pouvait-on parler avec une vache ?

— Je t'ai posé une question.

Mme Stevens mit ses mains sur ses hanches.

Les yeux baissés, je restai immobile devant elle.

Mme Stevens soupira :

— Encore en train de rêvasser et de traîner, hein ? Tu crois que c'est ça qui va faire avancer les corvées ? Peut-être que quelques heures de vrai travail te guériraient de ta paresse. Ou peut-être un bon moment au piquet.

Tout mon corps se raidit. Je détestais rester debout plus encore que recevoir des corvées supplémentaires, ou même être fouettée. Elle le savait.

Soudain, elle pencha la tête de côté et se tourna vers la porte :

— Eh bien, murmura-t-elle. Il est là de bonne heure.

J'entendis alors le faible bruit des sabots et le grincement distant des roues cerclées de fer du chariot. M. Stevens était de retour.

Mme Stevens pivota de nouveau sur ses talons en agitant les mains comme pour disperser des poules :

— Dépêche-toi ! me lança-t-elle.

Je réprimai un sourire. J'avais peur d'elle. Mais elle avait peur de lui. M. Stevens ne frappait jamais sa femme, mais il hurlait et l'injuriait parfois s'il la trouvait à ne rien faire. Il tirait aussi beaucoup de fierté de ce qu'elle ne lui répondait pas, jamais. Je l'avais entendu s'en vanter auprès d'Hiram. Quand il la houspillait, elle se recroquevillait pendant des jours comme un chien battu. Mais elle ne semblait jamais être en colère contre lui, uniquement contre elle-même, et contre moi.

— Psitt ! siffla de nouveau Mme Stevens, l'œil mauvais. Allez, ouste, dépêche-toi !

— Oui, madame, répondis-je en m'efforçant toujours de ne pas sourire.

Elle chuchotait, comme si son mari, qui était presque à un kilomètre de là, pouvait l'entendre.

J'appuyai la fourche contre le mur et la suivis, le long de la haie de lilas, vers la cour de la maison en contrebas. Les chiens nous tournaient autour et Mme Stevens alla les enfermer dans leur enclos. Ce faisant, elle tourna la tête vers moi et m'ordonna :

— Va chercher les battoirs !

Sa voix était encore plus brusque qu'à l'accoutumée. J'entrai dans la maison par-derrière, posai le seau à lait près de la porte, et courus vers le placard.

Lorsque, dans un fracas de roues, le boghei contourna l'abri, sur le ruisseau, où l'on gardait les aliments au frais, nous étions toutes deux occupées à battre les tapis que Mme Stevens avait mis à aérer sur la clôture deux jours plus tôt, et nos battoirs vibraient. J'avais horreur de cette corvée. La fine poussière grisâtre qu'on respirait me faisait tousser du début à la fin. La poignée en fer roulé du battoir était glacée et appuyait durement contre ma main, mais ce n'est pas cela qui me faisait mal. Mes mains étaient devenues calleuses. La douleur provenait des marques laissées sur mon dos par la branche de saule, et sur lesquelles ma robe frottait.

Mme Stevens battait ses tapis quatre fois par an. Elle les adorait. Ils étaient laids, je trouvais, rouge sombre et bordés de grands motifs blanc et noir en forme de diamant. Mais la laine était toujours épaisse et serrée. Ces tapis avaient appartenu à sa grand-mère, qui les avait apportés tout droit d'Angleterre soixante-dix ans auparavant.

J'avais une fois renversé du lait sur le rebord du plus grand d'entre eux. Le visage de Mme Stevens avait pris la couleur de ses précieux tapis. Elle m'avait réprimandée comme un chien mauvais qui gronde, le visage collé au mien, essayant de me faire honte pour avoir abîmé ce que les femmes de sa famille avaient conservé immaculé trois générations durant. Moi, je savais pourquoi ces tapis avaient duré si longtemps. Ses grands-mères avaient probablement été strictes et méchantes comme elle, et n'avaient eu de la visite qu'une ou deux fois par an, tout comme elle aussi. La plupart du temps, la maison des Stevens était aussi silencieuse que la nuit.

— Allons, allons, ça se fait en cercle, tu sais bien ! aboya-t-elle.

Elle avait tout calculé. Le meilleur moyen d'éliminer poussière et saleté était de frapper, rapidement, de façon circulaire, et d'élargir peu à peu la sphère à la totalité du tapis. Cela me semblait stupide.

Je levai les yeux. Le boghei s'approchait de l'entrée de la cour.

— Ne t'arrête pas de battre, m'avertit Mme Stevens.

— Non, promis-je, attendant qu'elle s'éloigne pour me tourner de façon à frapper ce fichu tapis tout en regardant le boghei qui venait.

Les deux chevaux avançaient à vive allure, pressés par le fouet en cuir que M. Stevens faisait claquer au-dessus de leur dos. J'adorais observer ces deux juments, et la façon dont leurs genoux et leurs boulets* se pliaient et se détendaient avec la régularité des mouvements d'ailes d'un canard. Le chemin faisait un angle et, prises dans la brise, leurs crinières flottèrent vers l'arrière.

C'est à ce moment précis que je le vis. Attaché à l'arrière du boghei se trouvait un cheval que je ne connaissais pas. Sa robe était de la couleur d'un miel sombre, et sa crinière et sa queue, aussi noires que la nuit. Son sabot

---

* Articulations des membres des chevaux.

antérieur buta contre le sol et il flancha, mais retrouva sa foulée lorsque M. Stevens raccourcit les rênes pour faire ralentir les juments. Mme Stevens s'avança à la rencontre de l'attelage. Immobile, le regard fixé sur ce qui se passait, je continuai de battre mon tapis.

M. Stevens tira sur le frein et descendit, raide et engourdi par son voyage. Cependant, il souriait. Pointant son index vers le cheval, il dit :

— C'est un mustang, tout juste apprivoisé, et je l'ai eu à bon prix. Il va falloir le nourrir.

Mme Stevens hocha la tête d'un air circonspect.

Le col boutonné jusqu'en haut, M. Stevens se tenait droit et fier. Il posa un doigt sur sa joue, un geste qu'il faisait souvent lorsqu'il s'apprêtait à dire quelque chose qu'il considérait comme réellement important.

— Les mustangs deviennent de bons chevaux de selle, annonça-t-il, quand on sait les prendre.

— Les mustangs ?

Cette fois, Mme Stevens recracha le mot inconnu comme s'il avait un goût amer.

M. Stevens leva les yeux et me remarqua alors derrière sa femme.

— Tu n'as donc rien à faire ? me lança-t-il.

Je me rendis compte que j'avais arrêté de battre. Je me remis au travail.

— Va voir s'il y a d'autres œufs pour le souper, me hurla Mme Stevens. Et prends garde de ne pas effrayer la poule qui est en train de couver !

Heureuse d'en avoir fini avec le nuage de poussière, je me précipitai dans la maison pour remettre le battoir à son clou derrière la porte du placard, tout en me retournant régulièrement pour voir ce qui se passait.

M. Stevens avait détaché l'étalon et le conduisait vers l'étable. C'était le plus beau cheval que j'avais jamais vu, même s'il était trop maigre — ses côtes lui striaient les flancs. Il avait l'air jeune, mais il marchait comme une vieille jument de pâturage, ayant dépassé l'âge d'avoir des poulains ou de tirer un chariot, et traînant les sabots dans la poussière.

Devant la porte de l'étable, l'étalon hésita. Il rejeta la tête en arrière, et la lumière du soleil se refléta sur sa robe d'or sombre, luisante comme les étincelles d'un feu naissant. M. Stevens tira fermement sur la longe. L'étalon entra dans l'étable, emportant les étincelles avec lui.

Chapitre 2

Je fus tirée de mes rêves en sursaut par les chiens qui aboyaient. Je m'assis sur ma paillasse et clignai des yeux dans la pénombre pendant quelques secondes. Puis je poussai le livre de ma mère dans sa cachette, sous ma couverture, et me levai.

— Hiram ! Debout !

C'était la voix de M. Stevens, qui avait hurlé son ordre comme on parle à un chien.

Il faisait nuit, mais je trouvai la poignée de la porte sans trop de difficulté — sans faire un seul pas. Le lieu qui me servait de chambre n'était pas une pièce à proprement parler. Mme Stevens m'avait mise dans son placard le plus grand — un ancien garde-manger qu'elle n'utilisait plus que rarement depuis qu'ils avaient construit l'abri sur le ruisseau.

— Hiram !

Hiram dormait dans l'ancienne porcherie. Il l'avait nettoyée et en avait fait un logement décent — j'avais jeté un coup d'œil à l'intérieur un jour où il était absent. Hiram partageait son temps entre les Stevens et les fermes voisines qui avaient besoin de son aide. Si ces dernières se trouvaient à plus de deux ou trois kilomètres de distance, il prenait avec lui son matelas roulé, et dormait là où le travail l'avait appelé. Il allait et venait sans que je m'en rende compte. À moins que je n'y fasse attention, je ne savais jamais s'il était là ou non.

— Alors, tu vois ce qui ne va pas ?

C'était Mme Stevens. Elle ne criait pas vraiment, mais elle avait poussé dans les aigus le ton de sa voix rauque pour essayer de couvrir le raffut fait par les chiens. À en juger par le son, elle devait se trouver près de la porte principale de la maison — ou bien juste devant, sur la terrasse couverte en bois.

— M. Stevens ? s'écria-t-elle.

Pas de réponse.

— Robert ? implora-t-elle. Ça va ?

Le recours à son prénom ne lui fut d'aucune utilité. Son mari ne lui répondit pas. Au lieu de cela, il hurla une fois encore les deux syllabes en traînant longtemps, comme un coyote, sur la seconde :

— Hiram !!!

— Veux-tu que je m'habille ? demanda Mme Stevens instamment. Veux-tu que je m'habille et que je te rejoigne ? Est-ce que tu as besoin d'aide ?

M. Stevens continua de l'ignorer. J'étais presque sûre qu'il ne l'entendait pas. Les chiens étaient hystériques.

Mes vêtements se trouvaient comme d'habitude sur le rebord d'une chaise à l'extérieur de mon cagibi. Je les cherchai à tâtons dans le noir. Je ne pouvais pas allumer de bougie, sinon Mme Stevens m'aurait reproché de lui gaspiller son suif.

J'ôtai ma chemise de nuit, et la remplaçai par mon corsage, mon jupon et ma robe. Je laçai mon corselet avec des doigts tremblants. Puis je me glissai dans mes chaussures, en jouant des orteils pour pousser les boules de papier de soie avec lesquelles j'en avais bourré les bouts. Il faisait froid dehors, c'était certain.

Je restai un instant debout, immobile et grelottante dans le noir.

Il n'y avait aucune odeur de fumée — il n'y avait donc pas de feu. Mais quelque chose de terrible s'était produit. M. Stevens ne s'égosillerait pas ainsi pour un renard dans la cour.

— Hiram !

Ses cris s'éloignaient.

J'allai dans la cuisine sur la pointe des pieds et me penchai à la fenêtre. M. Stevens avait pris une lanterne. Je voyais le halo jaunâtre glisser sur la haie de lilas au fur et à mesure qu'il remontait le chemin vers l'étable.

Munie du bougeoir qu'ils avaient dans leur chambre, Mme Stevens s'était hasardée dans la cour jusqu'à la hauteur du poulailler. Ayant déclenché une cascade de caquètements, elle recula de quelques pas.

— Hiram, lève-toi ! vociféra M. Stevens à mi-chemin de l'étable.

— J'arrive ! répondit-on enfin.

Je respirai. Quelle que soit la nature de l'incident, on pouvait compter sur Hiram Weiss ; c'était le genre d'homme que mon père aurait apprécié.

Lorsque M. Stevens cessa de brailler, les chiens dans la cour se calmèrent un peu. C'est alors que j'entendis, pour la première fois, ce qui avait provoqué leurs aboiements. Un martèlement feutré filtrait de l'étable.

C'était l'étalon, qui frappait les planches de son box. Quoi d'autre sinon ? Les deux juments ne s'attaqueraient jamais aux cloisons qui les empêchaient de brouter à volonté l'herbe verte et tendre du pré.

Hiram cria quelque chose que je ne compris pas, et j'hésitai. Que ferait M. Stevens au cheval ? Je savais que je ne devais pas quitter la maison sans demander la permission, mais je savais tout aussi bien que si je la demandais, on me la refuserait, sans appel. Qui plus est, comme d'habitude, Mme Stevens dirigerait sa colère contre moi, et non contre son mari.

Si elle restait dans la cour en peignoir au lieu d'aller s'habiller pour prêter main-forte, c'est parce qu'elle savait que son mari serait agacé de la voir là, alors qu'il ne lui avait pas *dit* de venir. Je la plaignais. Elle passait la moitié de son temps à essayer de deviner ce qu'il voulait — et, en général, elle se trompait.

Je pris ma veste à son crochet, et dissimulai ce dernier sous un chapeau. Tout en enfilant mon vêtement, vivement, j'ouvris et je refermai la porte, sans bruit. Les loquets étaient bien huilés ; les grincements dérangeaient Mme Stevens.

Il faisait nuit noire. La lune n'était pas encore sortie. À quatre pattes, je passai de l'autre côté de la haie de lilas, que je remontai, à demi accroupie, jusqu'à ce que je sois assez loin de la cour. Les cris des deux hommes s'acharnaient toujours sur l'étalon.

Je finis le chemin en courant. Les chiens aboyaient encore un peu, mais ils savaient que, si personne ne venait les chercher, c'était qu'ils avaient accompli leur mission. Protégée par la haie, je passai non loin du poulailler. Ce dernier ne retentissait plus que de quelques caquètements inquiets. Je fus soulagée. Des œufs cassés et des poussins perdus n'auraient fait qu'aggraver la mauvaise humeur ambiante.

M. Stevens avait suspendu la lanterne à un clou planté dans un des murs de l'étable. Je restai à l'extérieur, juste en deçà du pâle cercle de lumière ambrée, devant le frêne, cachée par l'obscurité, mais à même de voir l'intérieur du bâtiment par la porte ouverte.

Le mustang se cabrait, se laissait retomber en frappant au passage de ses sabots le bord supérieur de sa porte, reculait, puis se dressait de nouveau.

— Descends de là, espèce d'idiot !

Je ne voyais pas Hiram. Je reconnus sa voix, calme, mais forte.

— Pousse-toi ! hurla M. Stevens. Il va tout casser !

Hiram s'esclaffa :

— Mais non, il ne peut pas ! C'est du bois solide, ça.

L'étalon se cabra encore, puis encore une fois. C'est alors que je vis Hiram, muni du fouet que M. Stevens utilisait pour le boghei.

Je tressaillis en entendant le premier claquement.

L'étalon couina, découvrit les dents ; puis il se cabra de nouveau.

Le fouet claqua une nouvelle fois, et le mustang fit un tête-à-queue, les oreilles plaquées en arrière. Puis, décrivant un large cercle, il plongea vers le fond du box, où il s'immobilisa tête haute, naseaux dilatés.

— Voilà. Maintenant, tu te calmes, lui dit Hiram d'une voix douce. Tout va bien. Vous voyez ? ajouta Hiram en regardant M. Stevens. Quelque chose lui a fait peur, c'est tout.

— Bien joué, lui répondit M. Stevens.

Hiram eut un petit rire. Je ne le voyais que de profil. Il respirait fort, mais il souriait.

— Je ne l'ai pas touché avec ça. Je n'ai fait que du bruit, pour le surprendre. Il apprend vite.

M. Stevens vint se mettre à côté de lui.

— C'est vrai, Hiram, reconnut-il. Mais il apprendra encore plus vite si on lui donne une bonne leçon.

Sur ce, je vis M. Stevens prendre le fouet des mains d'Hiram et s'approcher du box. Il se pencha par-dessus la porte et fit claquer le fouet, dont la lanière alla cingler la tête du mustang. Je poussai un cri, que ni l'un ni l'autre n'entendit, car le mustang gémit, d'un hennissement long, aigu, rageur. Puis il explosa et s'élança, dents découvertes, fonçant droit sur la porte.

M. Stevens piétina, la manche de son manteau prise, l'espace d'un instant, dans les éclats du bois fendu. Hiram bondit vers lui, l'attrapa par le col, et le tira en arrière. Il laissa M. Stevens retrouver son équilibre une seconde, puis le lâcha. Il avait l'air écœuré.

— Maintenant, vous lui avez appris que vous le frapperez, quoi qu'il fasse !

M. Stevens redressa les épaules et fit face à Hiram :

— Je lui ai appris à laisser les planches de mon box en un seul morceau ; c'est ça que je lui ai appris, lui rétorqua-t-il froidement. Le marchand a dit que l'homme doit être dur avec ces bêtes sauvages, qu'il doit leur montrer qui est le chef.

Je regardai Hiram, une main sur la bouche pour m'empêcher de faire plus de bruit. Hiram serra les lèvres, les joues empourprées. Il était en colère, à juste titre. Cela n'avait aucun sens. Si on effrayait ce mustang avec le fouet lorsqu'il se cabrait, mais qu'on le fouette effectivement lorsqu'il se tenait tranquille, comment arriverait-il jamais à comprendre ce que M. Stevens voulait ?

Je fixai mon regard sur l'étalon. Collé contre le mur du fond de son box, il avait l'air maintenant plus triste que furieux. Une longue plaie lui barrait l'encolure et une autre lui ensanglantait le bout du nez.

— Avec un peu de chance, il saura se tenir jusqu'à l'aube, ajouta M. Stevens.

Hiram émit un son qui aurait pu tout signifier — oui, non ou peut-être. M. Stevens brandit le fouet haut au-dessus de sa tête et en fit claquer la lanière contre la porte du box.

— Si tu essaies encore de démolir mon étable de cette façon, tu verras ce que tu verras, lança-t-il d'une voix sourde, menaçante.

Oreilles couchées, le mustang releva la tête.

M. Stevens raccrocha le fouet au mur et, avant que j'aie le temps de réagir, se dirigea vers la porte — vers moi. Je restai pétrifiée, certaine qu'il me verrait d'un instant à l'autre.

C'est alors qu'Hiram annonça :

— Je vais lui donner un autre seau d'eau.

M. Stevens se retourna vivement. J'en profitai pour faire quelques pas rapides vers l'obscurité du large tronc de frêne, derrière lequel je me cachai. Puis je risquai un œil vers l'étable, où je vis M. Stevens, de profil, qui fronçait les sourcils. Je tremblais de froid et de peur.

— Non, répondit-il à Hiram. Il l'a renversé. Ça lui fera une deuxième leçon. Le seau restera vide jusqu'à demain soir.

Hiram fit un autre de ses oui-non-peut-être.

Sur ce, M. Stevens sortit de l'étable et je me recroquevillai derrière mon arbre en attendant qu'il soit passé. Hiram le suivit quelques secondes après. Je l'entendis refermer le bâtiment, les loquets grinçant sous le poids de la double porte. Je me pressai contre l'écorce grise et lisse, tout en écoutant les pas lourds d'Hiram s'éloigner, contourner l'arrière de la maison, et se diriger vers la porcherie où il dormait. J'entendis les poules s'agiter et caqueter au passage de M. Stevens, puis la porte d'entrée s'ouvrir et se refermer.

Puis je n'entendis plus que le bruit des grenouilles coassant dans l'étang. Un des chiens jappa. Je savais que j'aurais dû me précipiter vers la cuisine. Tout de suite. Être rentrée avant M. Stevens. S'il ouvrait le placard où ma paillasse se trouvait, il découvrirait qu'elle était vide... Mais je ne courus pas. Je demeurai là, le regard scellé sur la porte fermée de l'étable.

Je me mordis la lèvre. Même s'il faisait encore nuit, nous étions mercredi matin. M. Stevens prévoyait-il de ne pas donner d'eau à l'étalon jusqu'à jeudi soir ? Deux longs jours sans boire ? Je n'arrivais pas à m'éloigner. Ce pauvre cheval était si décharné... et si effrayé, et misérable.

J'apercevais la fenêtre de la cuisine pardessus la haie de lilas. Il n'y avait pas de lumière à l'intérieur. Mme Stevens était certainement repartie se coucher quand les cris avaient cessé — et M. Stevens avait éteint la lanterne.

Je me balançai d'un pied sur l'autre, indécise. Il y avait de grandes chances qu'on me fouette de nouveau avec la branche de saule si on me surprenait dehors sans permission. Mais à moins que les Stevens ne me prennent sur le fait, je ne risquais rien. Hiram se tairait ; il serait heureux que le mustang ait eu de l'eau malgré tout. Hiram aimait les chevaux, ainsi que les vaches, les chiens et les chats. Il aimait même les cochons.

Un hennissement feutré s'éleva. J'avais déjà entendu ce bruit-là. Les deux chevaux de trait des Stevens, deux bêtes solides, au dos large, avaient grandi ensemble — je ne crois pas qu'ils avaient jamais été séparés. Quand, pour une raison ou pour une autre, l'un des deux se trouvait au pré et le second, dans l'étable, ils communiquaient en hennissant de cette façon — avec ce ton d'interrogation doux et plein d'espoir.

Je savais ce que cela signifiait. L'étalon se demandait s'il avait un ami quelque part autour de lui. Je jetai un autre coup d'œil rapide vers la maison. Toujours pas la moindre lueur de bougie aux fenêtres. Les chiens s'étaient tus. Les criquets dans les lilas, eux, s'éveillaient.

Je me mordis la lèvre une nouvelle fois. Les Stevens venaient rarement vérifier ce que je faisais, le soir, une fois qu'ils s'étaient débarrassés de moi. S'ils ne l'avaient pas déjà fait, il y avait très peu de risques qu'ils s'inquiètent maintenant de savoir si j'étais bien couchée dans mon placard ou non. Je comptai jusqu'à cinquante. Aucun cri ne s'éleva dans la maison.

Toute tremblante, je courus vers l'entrée de l'étable et soulevai le loquet. J'entrebâillai la porte juste assez pour pouvoir passer. Je ne voulais pas allumer de lanterne, mais je n'avais pas le choix si je voulais remplir le seau. Je dus m'y reprendre à trois fois avant de réussir à faire fonctionner le briquet, mais alors la mèche s'enflamma instantanément. L'odeur âcre de la suie huileuse me piqua les yeux et le nez.

J'allai chercher un seau propre dans la sellerie et me rendis jusqu'au puits pour le remplir, tout en m'assurant que le bas de ma robe faisait écran entre les fenêtres donnant sur l'avant de la maison, et la lanterne. Puis je posai cette dernière à terre, tout contre la margelle en pierre. La corde glissa en silence et, lorsque je remontai le seau dégoulinant d'eau, le treuil grinça à peine.

Tout en veillant à ce que l'eau n'éclabousse pas mes vêtements, je me hâtai de rentrer dans l'étable, où je suspendis ma lanterne à un clou.

L'étalon se tenait toujours au fond du box, mais ses naseaux n'étaient plus dilatés, et ses oreilles étaient dressées et tournées dans ma direction.

Je plaçai la lanterne plus près de sa stalle. Le seau vide, renversé, se trouvait juste à l'intérieur, et les bris de la fine couche de glace qui s'était formée sur l'eau jonchaient le sol à côté.

Je soulevai le loquet et je respirai profondément. Il était probablement préférable d'aller vite. D'un seul mouvement rapide, j'ouvris la porte, me penchai, saisis le seau par l'anse, le ramenai vers moi, et refermai.

Puis je levai les yeux. L'étalon n'avait pas bougé. Je réitérai l'opération avec le seau d'eau fraîche, que je plaçai juste à l'entrée avant de reculer d'un bond et de refaire glisser le loquet en sens inverse pour refermer la porte. Le mustang m'observait toujours.

— Je me demande si tu saurais mieux m'écouter que Betsy, lui dis-je en chuchotant à demi avant de grimacer en voyant les marques du fouet. Si tu me laissais faire, je te mettrais de la consoude* sur ces plaies.

Le cheval souffla bruyamment avant de rejeter la tête en arrière brusquement, les oreilles de nouveau plaquées. Je reculai.

— Je n'essaierai pas. Je te le promets, hasardai-je tout en me sentant ridicule — il était impossible qu'il ait réellement compris ce que je lui avais dit.

C'est alors que j'entendis un bruissement dans la paille. Je pivotai sur mes talons, effrayée d'avoir été prise sur le fait malgré tout. Mais ce n'était que la chatte.

— C'est Tigresse, expliquai-je à l'étalon.

Cette dernière se mit à miauler et s'étira en faisant le gros dos. Des brins de paille maculaient son pelage sombre et rayé.

L'étalon se pressa contre la cloison, les yeux cerclés de blanc. C'est alors que Tigresse, le regard rivé sur le seau d'eau fraîche, avança. Le mustang renâcla en piaffant.

---

* Herbe qu'on utilisait en médecine.

Soudain, je compris. J'avais déjà vu Tigresse boire des centaines de fois l'eau des bêtes. Elle avait dû pénétrer dans le box de l'étalon. Pourquoi pas ? Delia et Midnight, et l'attelage de labour, la remarquaient à peine. Mais ce mustang sauvage n'avait probablement jamais vu de chat de ferme. Alors dans le noir, qui plus est...

— Est-ce que Tigresse a la même odeur qu'un couguar pour toi ? lui demandai-je dans un souffle.

Là-dessus, je me baissai pour intercepter Tigresse. S'écartant d'un bond, celle-ci m'échappa. Je la pourchassai le long du sol poussiéreux. Elle pensait que c'était un jeu et il me fallut une bonne minute avant de la rattraper.

L'étalon renâcla et piaffa de nouveau lorsque je la soulevai du sol. Je la tins serrée contre moi.

— Elle dormira avec moi ce soir. Je te promets, je ne la laisserai pas sortir.

Là-dessus, je soufflai la lanterne et fermai la porte de l'étable derrière moi. Je repartis vers la maison, le sol à demi gelé craquant sous mes pieds. À mi-chemin, j'entendis le mustang lancer un bref hennissement, posant une nouvelle fois à l'obscurité sa douce question.

Chapitre 3

Une semaine plus tard, durant le petit déjeuner, M. Stevens se tourna vers moi et planta son regard dans le mien :

— Ma femme me dit qu'elle t'a encore surprise dans l'étable hier, alors que tu avais des corvées à faire. C'est vrai ?

J'avalai ma bouchée de bouillie en baissant les yeux. C'était vrai. J'étais allée à l'étable chaque fois que j'en avais eu la possibilité. Le mustang était plus calme. Il ne s'agitait plus maintenant quand je passais devant son box. Et, souvent, quand je sortais, il hennissait doucement.

— Eh bien ? insista M. Stevens d'un ton autoritaire.

J'entendis Mme Stevens se racler la gorge et je regardai dans sa direction à la dérobée. Apparemment satisfaite que son mari me réprimande, elle affichait un sourire discret.

Hiram, comme toujours, feignit de ne rien entendre et continua de dévorer ses œufs au bacon.

— À partir d'aujourd'hui, je t'interdis d'aller dans cette étable, reprit M. Stevens d'un air sévère.

— Elle doit traire la vache, lui rappela sa femme.

— Évidemment, je le sais, lui rétorqua-t-il en lui lançant un regard noir de colère.

Je gardai le silence, sachant que tout ce que je pourrais dire ne ferait qu'envenimer les choses. Parfois, j'avais l'impression qu'ils m'utilisaient comme alibi pour leurs disputes.

— Ce que je voulais dire, c'était sauf quand tu dois aller traire la vache, renchérit M. Stevens tout en s'essuyant la bouche avec sa serviette. Elle savait bien que c'était ça que je voulais dire, ajouta-t-il s'adressant à sa femme avant de tourner son regard de nouveau vers moi. Je me trompe, ma fille ?

Je baissai les yeux aussitôt et hochai la tête, sans regarder ni l'un ni l'autre. J'avais appris à les laisser dire tout ce qu'ils voulaient, sans protester, et en dissimulant toute réaction.

Hiram finit ses œufs et repoussa son assiette. M. Stevens lui ordonna alors :

— Avant de commencer ton travail, attelle-moi les chevaux au boghei.

Hiram se leva. À l'insu des Stevens, tout en débarrassant sa place, il me passa doucement une main sur les cheveux. Puis, avec l'un de ses oui-non-peut-être, il alla poser sa tasse et son assiette sur le bahut, me fit un clin d'œil, et sortit.

Je lançai un regard furtif vers M. Stevens. Il avait presque terminé. Il me tardait qu'il s'essuie les mains sur sa serviette et qu'il quitte la table. Je voulais aller à l'étable. J'y trairais Betsy en un tournemain, puis donnerais un peu d'avoine au mustang en m'assurant que son seau d'eau était bien plein.

— On commence le grand ménage de printemps la semaine prochaine, le jour de la lessive, m'annonça Mme Stevens d'un ton calme.

Je levai les yeux. Le ménage de printemps, déjà ? On était à peine au mois de février. D'ordinaire, elle attendait la mi-avril.

— Déjà ? demandai-je doucement.

— Oui, répondit M. Stevens. Un de mes cousins devrait arriver de l'Indiana dans quelques semaines.

Il plissa les yeux, puis se remit à manger après avoir pris un peu plus de miel. Le bruit qu'il faisait en aspirant sa nourriture me tournait le cœur. Plusieurs longues minutes s'écoulèrent, lentement. Je continuai de mastiquer énergiquement. Je ne souhaitais qu'une chose, être loin d'eux. Je raclai mon bol incliné pour remplir une dernière cuillère. J'avais appris à ne pas demander à être servie une seconde fois.

— Je veux que tu reviennes ici dès que tu as fini de traire Betsy, me prévint M. Stevens en repoussant son bol avant de prendre sa tasse de café vide. On ne te nourrit pas et on ne t'habille pas pour que tu passes ton temps à traîner et à lire les bêtises qu'il y a dans ce livre.

Je pinçai les lèvres. C'était l'image qu'il se faisait de mes journées ? Je les passais à travailler ! J'étais si furieuse que je ne pus me maîtriser. Je fronçai les sourcils, et il s'en aperçut.

Il fit tinter l'ongle de son pouce contre sa tasse, et ajouta :

— Et si tu désobéis, je te le confisque, ton livre.

La cuillère me tomba des mains et alla cliqueter sur le sol, qu'elle éclaboussa d'un cercle gluant de bouillie. Je me penchai pour la ramasser et essuyai avec la main la latte du plancher.

Pour une raison ou pour une autre, il trouva ce geste très drôle et il éclata de rire en se couvrant la bouche avec sa serviette. Puis il se leva et alla se resservir du café sur le fourneau.

Je restai sans bouger, me mordant la lèvre. Ce livre était à moi.

M. Stevens ouvrit la porte et s'évanouit dans la quasi-obscurité. Je savais ce qu'il allait faire. Il resterait dehors, debout, à siroter son café jusqu'à ce que le soleil se lève. Puis il s'en irait, quelque part. Plus ça allait, plus c'était Hiram qui faisait tout le travail dans cette ferme.

— Mets ton bol dans la bassine, dit Mme Stevens d'une voix calme. Et nettoie-moi ces saletés que tu as faites par terre. Après, va traire la vache.

Je me levai de table et me dirigeai vers le bahut avec mon bol et ma cuillère. Maintenant que M. Stevens n'était plus là, il m'était plus difficile de feindre. Mes mains tremblaient. Quand avait-il vu mon livre ? Je ne le lui avais jamais montré. Mme Stevens m'avait surprise en train de le lire deux fois — mais, en pleine nuit, pas pendant mon temps de travail. Elle s'était surtout fâchée parce que j'avais utilisé des bouts de ses chandelles. C'est cela qu'elle avait dû lui dire.

Je mouillai une toile dans l'eau de la bassine et nettoyai le sol. Puis j'enfilai ma veste et sortis en trombe par la porte de derrière, avant de gravir le chemin de l'étable dans le demi-jour du matin.

De là où je me trouvais, M. Stevens, qui se tenait près du boghei sur la route, me tournait le dos. Hiram était avec lui, et tous deux parlaient. Je me hâtai le long du sentier, en détournant la tête pour dissimuler les larmes qui me coulaient le long des joues et que je ne semblais pas capable de sécher. D'ordinaire, j'excellais dans l'art de la simulation, mais ce matin-là, je n'y parvenais pas.

Ce livre était tout ce que je possédais. C'était la seule chose qui avait appartenu à ma mère et que les banquiers ne s'étaient pas appropriée. Ils avaient vendu tout ce qu'ils avaient pu, pour tenter de se rembourser de la dette que mes parents avaient laissée derrière eux — puis ils avaient vendu la terre elle-même.

Personne n'avait voulu me prendre. Tout le monde avait eu peur de cette fièvre — je ne pouvais pas les blâmer pour cela. D'une certaine façon, je leur en étais reconnaissante. Après l'enterrement, trois semaines s'étaient écoulées au cours desquelles j'étais restée en grande partie seule à la ferme, à fleurir les tombes, à nourrir les bêtes, et à me faire la cuisine.

Puis, un des hommes de la banque s'était arrangé pour que les Stevens me prennent. Avant la première vente, j'avais caché deux objets : le livre que ma mère avait eu enfant, et les boucles de souliers en argent de mon père.

Je m'appuyai contre le tronc du frêne près de la porte de l'étable et m'efforçai de sécher mes larmes. Mon père avait été si fier de ses boucles. Elles lui venaient de son arrière-grand-père. Il les portait tous les dimanches, sur ses chaussures noires usées.

Je m'essuyai les yeux avec la manche de ma veste et inspirai longuement, plusieurs fois. Ces pleurs ne serviraient à rien. Ils n'avaient jamais servi à rien. Les boucles, enveloppées dans un torchon, étaient enterrées sous la haie de lilas. Mon livre était sous ma paillasse. M. Stevens ne mettrait la main sur aucun des deux.

Je redressai le buste et ouvris la porte de l'étable en grand, puis m'arrêtai net, juste à l'entrée, me sentant bête. J'avais réveillé le mustang en sursaut. Il se cabra, martelant la cloison de son box avec ses sabots.

— Du calme, du calme, l'implorai-je.

Je me penchai en arrière pour jeter un coup d'œil vers la maison. M. Stevens ne pouvait pas ne pas avoir entendu. Je l'avais déjà contrarié ce matin-là. Ce raffut l'exaspérerait.

— Tout va bien, répétai-je inlassablement, doucement, en restant parfaitement immobile.

Je voyais à peine dans la pénombre. J'entendis l'étalon se laisser retomber. Il soufflait, fort.

Je ne bougeai pas d'un millimètre.

— Je ne voulais pas te faire peur, lui dis-je. S'il te plaît, calme-toi. Tout va bien.

J'avais entendu mon père apaiser des chevaux de ferme avec des mots comme ceux-là toute ma vie. Il n'avait jamais eu de fouet.

— Ne t'en fais pas. Je vais te donner à manger, repris-je en avançant dans l'étable sombre. D'accord ? Surtout reste là. Tout va bien. Ne bouge pas.

Mes yeux s'habituaient peu à peu. L'étalon renâcla. Je ne percevais que sa silhouette dans la lumière pâle qui entrait par la porte. Sa crinière semblait si longue, si emmêlée. Je fis un pas de plus. Il resta sans bouger. Il avait commencé de s'habituer à moi, un peu plus chaque jour, et voilà que je venais de tout gâcher. Il rejeta la tête en arrière une nouvelle fois.

— Tu as besoin d'une étrille*, lui dis-je calmement.

Il se cabra en hennissant doucement.

Je retins ma respiration un instant ; il n'y avait ni cris ni bruits de pas. Peut-être M. Stevens et Hiram, pris par leur discussion, n'avaient-ils rien entendu. Je savais que je devais traire Betsy rapidement, puis repartir dans la maison. Je ferais exactement ce que j'avais si bien appris à faire avec les Stevens. J'agirais comme si tout allait bien, comme s'ils ne m'avaient ni apeurée ni rendue triste – mais j'irais cacher mon livre en lieu sûr par précaution.

---

* Instrument à pointes pour nettoyer le poil des chevaux.

— Écoute, dis-je au mustang, tu dois apprendre. M. Stevens me fait peur à moi aussi. Mais j'ai appris à ne pas le montrer.

Maintenant, l'étalon me regardait fixement, l'encolure arquée. Son souffle se ralentit légèrement. Il ne fit aucun mouvement lorsque j'avançai d'un autre pas. J'allumai la lanterne, et il se cabra, mais ses sabots se soulevèrent à peine du sol, et il ne décocha aucun coup dans les planches. Il décrivit un cercle et, comme toujours, je restai bouche bée devant son agilité et son apparente capacité à évaluer la largeur exacte du box. Il frôlait les cloisons sans les toucher.

— Parfait, murmurai-je. Tu ferais un bon danseur à la fête du village.

Je pris le seau à lait à son crochet et me dirigeai très lentement vers la stalle de Betsy au bout de l'allée. Ordinairement, elle aurait déjà meuglé. Le matin, ses pis étaient lourds, gonflés du lait de la nuit, et cela la gênait — mais ce jour-là, elle resta silencieuse.

— Ce cheval te fait peur, n'est-ce pas ? lui murmurai-je en versant des grains dans sa mangeoire. Il ne te fera pas mal. Je crois que, toi aussi, tu l'effraies un peu, comme nous tous.

Ne me prêtant aucune attention, Betsy plongea la tête dans son auge. Une seconde plus tard, un craquement et la douce odeur du maïs broyé emplirent l'air. Je mis le seau en place et attrapai le tabouret et le chiffon.

Je m'assis, m'assurai de mon équilibre, puis me penchai en avant pour nettoyer les impuretés sur les trayons* de Betsy et en ôter les brins de paille. Le chiffon était froid et humide, et elle bomba le dos.

Je trayais vite. Je crois que la rapidité dépend de la force qu'on a dans les mains. C'est ce que mon père disait du moins. Lui avait des doigts longs et effilés, mais puissants. Moi aussi.

Je me tournais fréquemment pour regarder l'étalon. Il nous observait, Betsy et moi, intensément. J'entonnai l'air que j'avais l'habitude de chanter et que je rythmais au son des jets de lait tombant dans le seau. C'était une chanson irlandaise, que j'avais apprise de ma mère et de ma grand-mère. Elles la chantaient vite, comme une gigue ; je préférais aller plus lentement, en étirant chaque mot. Je n'avais aucune idée de leur signification. *Gaélique,*

---

* Extrémités des pis.

c'était le nom que ma mère donnait à cette langue. Elle ne la parlait pas non plus. Je me demandais si l'on en prononçait les paroles correctement ou si nous étions comme M. Svensen, notre ancien voisin, qui disait tout à l'envers et faisait des erreurs cocasses, comme lorsqu'il demandait « si la porte était fermoir ».

— Le portail, le corrigeait ma mère de sa voix chaleureuse. Et vous voulez dire *fermé*, pas *fermoir*.

Je baissai les paupières, chantai un peu plus fort, et je vis le visage de ma mère. Le flanc de Betsy était chaud et doux. Elle ruminait gaiement, et je compris qu'elle aimait ma chanson.

Je me redressai et me tournai pour jeter un nouveau coup d'œil vers le bout de l'allée. Le mustang avait baissé la tête, et il souffla longuement par les naseaux quand il se rendit compte que je le regardais. Je lui lançai :

— C'est un chant plus ancien que les pierres, disait toujours ma mère.

Je m'appliquai à tirer les toutes dernières gouttes de lait pour que Betsy continue à en produire — et pour ne rien perdre de la crème. Mme Stevens la conservait. Elle me la ferait battre dans un jour ou deux pour en faire du beurre.

Lorsque je passai en sens inverse devant l'étalon, je pris soin de marcher lentement, sans mouvement brusque. Il me regarda attentivement. Il n'avait pas renversé son eau. Bien. Je posai le seau de lait par terre pour mettre dans sa mangeoire un peu de foin mélangé à une tasse d'avoine. Puis je me reculai.

— Hiram te redonnera à manger plus tard quand il aura fini ses corvées. Ou alors ils te mettront au pré aujourd'hui et...

Je m'arrêtai au milieu de ma phrase. Je savais que cela n'arriverait pas. Bien sûr qu'on ne le mettrait pas au pré. M. Stevens avait même peur de lui passer le licol, et Hiram n'était pas payé pour dompter des chevaux sauvages.

Je pivotai sur mes talons, pris le seau d'une main, et, de l'autre, soulevai la lanterne de son crochet. Je me dirigeai vers la sortie en silence pour ne pas effrayer le mustang une nouvelle fois. J'étais presque sur le pas de la porte lorsque j'entendis un hennissement.

Je me retournai.

— Je reviendrai dès que je le pourrai, murmurai-je.

L'étalon avait besoin d'un ami. Moi aussi, je crois.

Chapitre 4

Le lundi matin, je m'éveillai longtemps avant l'aube et restai allongée dans mon placard, triste, l'esprit préoccupé par le ménage de printemps. Mme Stevens ne manquait jamais un jour d'entretien. Ses corvées se déroulaient comme la roue d'un chariot roule le long d'une route bien lisse. À l'image de la plupart des femmes, elle répartissait ses tâches par journées. Immobile sur ma paillasse, j'en fis la liste mentalement en redoutant la surcharge de travail que j'aurais cette semaine-là.

Le lundi était toujours consacré à la lessive, et laver le linge était la besogne la plus dure, la plus désagréable et la plus éreintante qui soit — on s'y attaquait donc encore fraîches et disposes juste après le dimanche, un jour dédié à la lecture de la Bible, au repos et qui était ponctué, le soir, par un grand souper. Chaque lundi, je sentais les odeurs de lessive provenant des fermes voisines et je savais que les femmes faisaient bouillir leurs baquets d'eau. Toute la vallée se couvrait des minuscules rectangles blancs de leurs draps de lit en train de sécher.

Lorsque la chaleur n'était pas assez intense pour faire miroiter et déformer la clarté de l'air, je plissais les yeux et j'imaginais que ma vue portait assez loin pour distinguer la ferme de mon père et le linge étendu aux cordes tirées entre les trois peupliers derrière la maison.

Le mardi était jour de repassage, car le linge était encore humide. Mme Stevens avait un bon lot de fers. Au début, juste après mon arrivée, j'avais pour tâche d'assurer le relais, c'est-à-dire de remettre le fer devenu froid sur le fourneau à bois tout en m'assurant que le feu ne s'éteigne pas. Maintenant, elle me faisait repasser les taies d'oreillers, les torchons et les nappes.

Le mercredi était dédié à la couture, puisque nous avions terminé le lavage et le repassage de tous les vêtements. Elle remarquait toujours une minuscule déchirure par-ci, un petit accroc par-là. Moi, j'avais pour mission de vérifier les boutons et de les coudre serrés avant qu'ils ne tombent. Elle s'irritait si elle découvrait plus tard qu'il en manquait un — cela signifiait que j'avais omis de voir qu'il était mal attaché. C'était à peu près le seul travail d'aiguille que Mme Stevens osait me confier. Mes points n'étaient pas très réguliers, et sa sensibilité en était heurtée, plus que la mienne.

Le jeudi, c'était le jour du marché. Habituellement, c'était M. Stevens qui s'y rendait. Mme Stevens passait la veille au soir à rédiger sa liste de provisions. Parfois, elle accompagnait son mari. Dans ce cas-là, le jeudi était comme un second dimanche pour moi. Bien qu'elle me laisse des corvées à faire, je pouvais les effectuer à mon rythme, et je jouais les maîtresses de maison, je décidais du menu pour le souper et je demandais à ceux qui mangeaient à ma table de veiller à leurs manières.

Durant toute la première année que j'avais passée avec les Stevens, j'avais prétendu que

Betsy, les chevaux, les chiens et les poules étaient mes amis, et que j'organisais des fêtes avec eux. En grandissant, j'avais eu honte et j'avais arrêté de jouer à ce jeu. Depuis ce jour-là, je n'avais plus eu aucun ami.

Le vendredi, on nettoyait. Mme Stevens se concentrait sur une pièce à la fois. On poussait tous les meubles pour balayer et laver les sols à fond, dans tous les recoins. Elle m'avait obligée à porter des seaux de plus de vingt kilos le lendemain de mon arrivée chez eux. J'avais dû m'y prendre des deux mains, et le seau m'avait cogné le tibia à chaque pas.

Le samedi, on faisait de la pâtisserie. Chez moi, j'avais adoré ces jours-là. Ma mère préparait du pain, mais aussi des gâteaux et des tourtes et des tartes renversées, qu'elle garnissait de fruits l'été et de potiron l'hiver. Mme Stevens faisait de gros pains, noirs, qui avaient un fort goût de mélasse et de sel. De temps à autre, à l'occasion d'un enterrement, elle se décidait pour une tarte ou un gâteau — mais on me donnait rarement le droit d'y goûter. Mme Stevens considérait que le sucre était trop précieux pour que ce soit moi qui en profite.

Le dimanche, donc, on se reposait, toujours. M. Stevens était très strict sur le jour du Seigneur. Mes parents ne travaillaient pas le dimanche non plus, mais nous chantions tous ensemble, et parfois, nous allions nous promener le long du ruisseau. Ma mère mitonnait toujours un bon repas, quand la nourriture ne manquait pas, et mon père nous laissait jouer aux échecs ou aux dames.

M. Stevens, lui, lisait la Bible à voix haute pendant que sa femme et moi écoutions, assises, les mains croisées sur nos genoux serrés. Certains dimanches, la lecture durait des heures. J'avais appris à ne pas bouger, mais c'était pire que la messe, de loin — qui plus est, M. Stevens ne me captivait pas comme mon père l'avait fait. Il n'expliquait pas les Écritures, et il ne les lisait pas, comme on le fait avec une bonne histoire, en s'emballant sur certains mots, avant d'en égrener d'autres lentement. Sa voix était forte, précise, plate, et interminable.

Le vieux coq se mit à chanter, me tirant de mes rêveries. Mme Stevens le suivait toujours de dix minutes environ. J'allumai une bougie, et j'étais debout et habillée avant qu'elle ne vienne frapper à ma porte.

— Tu grandis, me dit-elle en remontant le couloir devant moi. Maintenant, tu peux vraiment m'être utile pour l'entretien de la maison.

Je soupirai. Tout ce que je faisais, c'était l'aider.

— Vous n'avez rien à me dire, miss Katie ?

Je fis non de la tête.

— C'est bien, reprit-elle. Les enfants mal élevés ne reçoivent pas de lettre.

Je me tournai pour la regarder, le cœur battant. Mon oncle Jack m'avait-il enfin écrit ? Elle agita un doigt devant mon visage.

— C'est peut-être pour ça qu'il n'a pas répondu, me dit-elle en souriant comme si c'était une plaisanterie entre nous. Peut-être sait-il que tu es une petite insolente dont il ne voudrait pas sous son toit.

J'expirai, lentement, tout en combattant la douleur au fond de mes yeux. Quand j'étais arrivée chez eux, Mme Stevens me serrait fort quand je pleurais, en me berçant et en prononçant des mots comme « orpheline » ou « pauvre enfant ». Mais elle avait vite perdu patience. Maintenant, la moindre larme l'irritait.

— Bon, reprit-elle après un instant en ajustant son tablier. On ferait bien de s'y mettre.

J'acquiesçai.

Elle tendit le bras et me tapota la tête.

— Va traire Betsy. Je vais mettre l'eau à bouillir pour le linge. Cet après-midi, on commencera à récurer les étagères du garde-manger.

J'attendis qu'elle se tourne et commence à s'occuper. Puis je fis ma toilette, pris un seau propre sur le bahut, ma veste suspendue près de la porte, et je sortis. Je commençais à gravir le chemin vers l'étable, lorsque Tigresse me rejoignit en quelques bonds et vint se mettre entre mes jambes en ronronnant, au risque de me faire trébucher. D'un *pschtt* autoritaire, je la chassai vers la maison en la sermonnant :

— Tu vas faire peur au mustang si tu fais la bête comme ça et cours dans tous les sens dans l'étable.

Elle fit le gros dos en miaulant, le regard fixé sur le seau.

— Ne t'inquiète pas, tu l'auras, ton lait, lui promis-je. Mais pour l'instant, ouste !

Tout en agitant le seau, je la pourchassai sur quelques mètres, puis je fis demi-tour et repris ma route. C'est alors que je remarquai la porte ouverte. La lumière d'une lanterne brillait dans l'entrebâillement. Je terminai le chemin en courant.

M. Stevens et un homme que je ne connaissais pas se tenaient devant le box du mustang. Lui s'était éloigné d'eux autant qu'il le pouvait, et fouettait l'air de sa queue, les naseaux dilatés.

— Je ne sais pas vraiment quoi faire, monsieur Harris, disait M. Stevens.

J'entrai et posai mon seau par terre. L'homme jeta un coup d'œil dans ma direction :

— Bonjour, demoiselle, me dit-il.

Je répondis par un signe de tête poli et attrapai la poignée pour fermer la porte.

— Tu peux la laisser ouverte, Katie, me lança M. Stevens.

J'hésitai. Comme il me regardait toujours, je me décidai :

— Tigresse est remontée ce matin. Elle lui ferait peur, ajoutai-je en faisant un geste vers le mustang.

M. Stevens secoua la tête :

— *Tout* lui fait peur. Laisse la porte ouverte.

J'acquiesçai du menton et me dirigeai vers la stalle de Betsy. Si je me dépêchais, peut-être pourrais-je intercepter Tigresse sur le chemin et la persuader de me suivre vers la maison en lui promettant du lait chaud. Je me hâtai de nourrir Betsy et me mis au travail. Le lait sentait bon et, dans le froid du matin, fumait dans le seau.

J'avais presque terminé lorsque j'entendis l'étalon couiner. Je me levai, pensant voir Tigresse la tête plongée dans son seau. Mais Tigresse n'y était pour rien. M. Harris était entré dans le box.

— Faites attention ! le prévint M. Stevens.

— Oui, oui, répondit M. Harris en avançant d'un demi-pas. Je veux juste voir si...

Il n'eut pas le temps de finir sa phrase, car le mustang se cabra, battant l'air de ses antérieurs. M. Harris recula en trébuchant, cherchant dans son dos le loquet de la porte. Une seconde après, il était sorti et se passait la main dans les cheveux en riant nerveusement.

— Vous voyez ce que je veux dire ? fit remarquer M. Stevens tandis que l'étalon tournait sur lui-même avant de ruer dans la cloison.

Le craquement du bois sous ses sabots me fit tressaillir. Betsy s'agita. Je remis le tabouret en équilibre sous moi et finis de la traire.

Lorsque je repassai devant les boxes avec mon seau rempli de lait, M. Stevens et M. Harris étaient toujours là, les mains dans les poches, à observer l'étalon.

— Je n'ai aucune idée de ce que je vais faire de lui, disait M. Stevens.

— Je connais un homme qui pourrait peut-être vous aider, entendis-je M. Harris répondre au moment où je sortais. Un certain M. Barrett. Il s'y connaît en chevaux.

La voix de M. Harris se dissipa au fur et à mesure que je m'éloignais de l'étable. Je rencontrai Tigresse qui, comme je l'avais prévu, remontait le chemin. Elle sentit le lait et fit rapidement demi-tour pour me suivre. Je lui remplis sa soucoupe avant d'entrer dans la maison. En entendant la porte s'ouvrir, Mme Stevens me cria depuis la cuisine :

— C'est toi, Katie ?

— Oui, madame ! criai-je en retour.

— J'ai besoin de ton aide avec l'eau de la lessive !

Je soupirai. Sa voix nasillait. J'étais pourtant certaine de n'avoir rien fait qui ait pu lui déplaire. M. Stevens avait peut-être été méchant avec elle — ou peut-être était-elle agacée d'avoir à commencer le ménage de printemps si tôt dans l'année parce que son cousin à lui venait. Je soupirai une nouvelle fois. Peu importait ce qui la contrariait. Ce serait moi qui finirais par en payer les pots cassés.

Chapitre 5

Le ménage de printemps fut pire qu'à l'ordinaire. On passa le premier jour à brosser la cuisine des sols au plafond. La graisse qui goutte des viandes pendant la cuisson avait eu un an pour éclabousser l'âtre de la cheminée, les lattes du plancher et le mur près du fourneau à bois.

Au bout du troisième jour, j'étais si épuisée que j'eus du mal à manger mon dîner :

— Tu devrais peut-être aller te coucher tout de suite, me dit Mme Stevens assise à table en face de moi.

Je regardai dehors. La nuit tombait à peine. M. Stevens s'éclaircit la voix. Sa femme se tourna vers lui.

— Il est possible que j'embauche quelqu'un pour dompter ce cheval.

Un petit gloussement s'échappa de la gorge de Mme Stevens :

— Est-ce que tu es sûr que ce ne serait pas mieux de le vendre ?

— À qui ? se récria M. Stevens. Qui achèterait un étalon sauvage qui ne peut servir ni de cheval de selle ni de cheval de trait ?

Mme Stevens plongea le nez dans son assiette, et je savais ce qu'elle pensait. J'avais le même sentiment qu'elle. Lui avait été assez bête pour en acheter un. Je me couvris la bouche avec ma serviette.

— Ils leur font ingurgiter une certaine herbe, reprit M. Stevens. Ça les rend malades, sans les tuer. Du coup, pendant un jour ou deux, ils sont calmes — ce qui donne le temps au marchand de quitter la ville.

— Alors tout s'explique ! s'exclama Mme Stevens. C'est vrai qu'il avait l'air doux comme un agneau le matin où tu l'as amené.

Je repensai à la scène. Le mustang s'était comporté comme un animal apprivoisé, c'est le moins qu'on puisse dire. Il avait failli trébucher en entrant dans l'étable. S'il s'était cabré, s'il avait résisté à la longe, effectivement personne ne l'aurait acheté.

— Il y a des menteurs et des escrocs partout de nos jours, poursuivit M. Stevens. Je me demande si on ne va pas partir à l'Ouest.

Mme Stevens manqua de s'étrangler. Lui rit doucement :

— Calme-toi, femme. J'ai rencontré un homme du nom de Barrett. C'est lui qui m'a parlé de cette herbe aux écus qu'ils donnent aux mustangs. Mais s'il est ici, dans le comté de Scott, c'est pour proposer à certains d'entre nous de nous joindre à un convoi de chariots qu'il doit guider. M. Harris envisage d'accepter. Tu serais surprise du nombre de personnes qui sont intéressées.

Mme Stevens promena son regard autour de la pièce, s'arrêtant sur le bahut, l'âtre de la cheminée, les lattes du plancher et les murs que nous avions lessivés le matin même à l'eau brûlante. Puis elle se tourna vers le petit salon et ses yeux se fixèrent sur les tapis rouges de sa grand-mère.

— Martha ! lança M. Stevens d'un ton dur. Si quelque chose se concrétise, je te le dirai. Tu sais bien que je ne ferai rien sans être convaincu que c'est la meilleure solution. De toute façon, l'année est trop avancée. Le printemps prochain sera déjà bien assez tôt.

— J'espère seulement que tu prendras mes sentiments en compte dans cette décision, murmura Mme Stevens, toute pâle.

M. Stevens hocha la tête en souriant, puis répondit comme s'il n'avait rien entendu :

— Barrett dit que la région de l'Oregon regorge de cervidés et autre gibier. En plus, les arbres sont hauts, donc le bois de charpente aussi, et apparemment, les terres sont si riches que les récoltes jaillissent des sols.

— Katie ! aboya soudain Mme Stevens.

Je sursautai. Elle me foudroyait du regard.

— Qu'est-ce que tu fais encore là ? Je t'ai dit d'aller au lit ! hurla-t-elle.

Je me levai, à peine consciente de sa colère et ne sentant presque plus le sol sous mes pieds. L'Ouest ! Je voulais y aller, de tout mon cœur. J'y trouverais mon oncle, et je savais qu'il me prendrait avec lui. Après tout, c'était le frère de ma mère. Je traversai le couloir avec l'envie de danser malgré ma fatigue. Un an. Le temps passerait lentement, mais il passerait. Dans un an, il ne pouvait pas en être autrement, j'aurais reçu une lettre de mon oncle. Je saurais où il habitait.

Cette nuit-là, je rêvai de forêts, de montagnes, d'un océan bleu, et d'une famille qui m'accueillait sur le pas de la porte d'une jolie petite ferme et m'entraînait à l'intérieur en riant, en souriant, heureuse de me voir enfin. Je ne me souvenais pas vraiment du visage de mon oncle Jack, mais dans mon rêve, il était grand et beau, et ses filles étaient gentilles et disaient que j'étais leur nouvelle sœur.

À mon réveil, il me fallut quelques minutes avant de me rappeler où j'étais. Je m'assis sur ma paillasse et me frottai les yeux. Les coqs venaient juste de se mettre à chanter. Avec un soupir, je me levai pour m'habiller.

— Tigresse m'a suivie, je crois, expliquai-je à l'étalon ce matin-là.

Il faisait froid et de la buée s'échappait de ma bouche pour rester, suspendue, devant moi. À peine avais-je prononcé mon dernier mot que Tigresse passa comme une fusée. L'étalon tressaillit et rejeta la tête en arrière. La paille qui jonchait le sol un peu plus loin dans l'allée se mit à bruire et je compris que Tigresse avait trouvé une souris.

D'un mouvement vif, le mustang fit un écart, mais il ne semblait pas avoir peur — il avait juste l'air d'un cheval désireux de faire un bon galop. Je pris le seau à son clou et me dirigeai vers la dernière stalle en m'arrêtant au passage pour parler à Delia et à Midnight. M. Stevens n'était pas parti aussi tôt qu'à l'accoutumée et toutes deux somnolaient encore au chaud dans leur box. Les chevaux de trait étaient au pré — Hiram travaillait depuis quelques jours dans la vallée.

Je caressai les juments en leur disant qu'elles me manquaient beaucoup maintenant qu'elles partaient de bon matin avec M. Stevens. Toutes deux vinrent frotter leur nez dans mon cou, leur haleine exhalant une senteur chaude et herbeuse. Je jetai un coup d'œil derrière moi et je vis que le mustang nous observait.

Betsy aussi fut heureuse de me retrouver, à sa façon. Elle m'accueillit par un meuglement, destiné à me faire comprendre qu'elle n'avait pas apprécié que je perde du temps à caresser les chevaux. Pendant que je la trayais, elle rumina son maïs, tout en se retournant vers moi de temps en temps, ses longs cils épais battant lentement. Je travaillai aussi vite que je pus, puis je rangeai le tabouret. Le ciel dans l'encadrement de la porte pâlissait et s'éclairait à l'est d'une teinte rosée. Il faisait froid, mais le mordant âpre de l'hiver avait disparu.

— Les Stevens vont peut-être partir vers l'Ouest, dis-je à l'étalon en resserrant ma veste autour de moi pour ne plus trembler de froid. Si ça se fait, j'ai des chances de retrouver mon oncle Jack.

Tigresse était revenue dans l'allée centrale de l'étable, où elle jouait maintenant avec la souris qu'elle avait attrapée. Le mustang l'observa de près, puis promena son regard d'elle à moi, plusieurs fois. Je posai mon seau.

— Est-ce que tu viens de quelque part dans l'Ouest ? lui demandai-je.

Sur ce, j'avançai d'un pas. Aussitôt, il s'écarta de la porte, rejetant sa crinière en arrière d'un air inquiet.

— Dis-moi, repris-je doucement, c'est comment là-bas ?

Tigresse vint se frotter contre mes jambes. L'étalon recula encore.

— Elle ne peut pas te faire de mal, lui expliquai-je. Regarde.

Je pris Tigresse dans les bras, en maintenant ses pattes bien serrées contre moi. L'étalon renâcla et fit un pas de côté.

— Viens plus près, tu verras, elle est inoffensive, plaidai-je. Tu sais, si tu ne te calmes pas, M. Stevens embauchera quelqu'un pour te dompter. Peut-être... Mais bon, il n'aime pas dépenser son argent s'il peut l'éviter, ajoutai-je uniquement par souci d'honnêteté.

Tigresse se tortilla dans mes bras et je la caressai derrière les oreilles. Elle se détendit presque instantanément et ferma les yeux. L'étalon tourna la tête, attentif.

— Tu vois, le rassurai-je. Regarde ça. Elle est toute douce. Elle ne sait même pas si bien attraper les souris que ça.

L'étalon fit un pas vers moi, puis se figea, telle une statue, longtemps. Il avança de nouveau. Puis il passa l'encolure par-dessus la porte de son box. Je retins ma respiration. Il renifla Tigresse, que j'empêchai de remuer, puis il sentit mes cheveux, ma joue. Il releva la tête, puis me toucha la joue une nouvelle fois, et je sentis son haleine chaude sur mon oreille.

Finalement, il repartit au fond de son box, d'où il me regarda poser Tigresse par terre. Mon cœur battait la chamade. Il commençait à me faire confiance !

— Merci, lui dis-je dans un souffle tout en reculant.

Aucun cheval ne m'avait jamais paru si puissant, si dangereux, et pourtant il m'avait effleuré le visage avec autant de douceur qu'un ami l'aurait fait.

— Je dois y aller, sinon Mme Stevens viendra me chercher, repris-je. Aujourd'hui, on va vider les matelas et les remplir avec les feuilles de maïs qu'on a séchées à l'automne dernier.

L'étalon me regardait, la tête haute, l'encolure arquée.

— Après, il faudra que je lave les vitres. Il devrait faire assez chaud vers midi pour ça.

Je soupirai, me demandant ce que les gens penseraient de moi s'ils m'entendaient parler ainsi à un cheval sauvage.

— C'est jour de marché, alors M. Stevens ne sera pas là une bonne partie de l'après-midi. Enfin, je l'espère.

— Katie ?

— C'est Mme Stevens. Elle ne comprend pas pourquoi je mets tant de temps.

Je soufflai la lanterne, allai la suspendre à son clou, puis revins prendre le seau. Tigresse, qui avait senti le lait chaud, resta collée à moi jusqu'à la maison. Ce soir-là, allongée sur ma paillasse, je pensai au mustang. Si je veillais à ne pas l'effrayer, chaque jour sa confiance en moi grandirait. Je m'endormis en rêvant de forêts de grands arbres au milieu desquels le mustang galopait gaiement.

Le lendemain matin, j'eus si vite fait de traire Betsy qu'elle-même en parut surprise. J'étais déjà en train de parler à l'étalon quand le coq se mit à chanter dans la basse-cour. Cependant, le mustang resta au fond de son box. Je repris mon seau de lait, mais, arrivée près de la porte, je l'entendis renâcler et piaffer. Je lui jetai un coup d'œil furtif. Il s'était avancé, avait passé la tête par-dessus la porte de son box et, l'encolure tendue vers moi, me fixait.

J'allai suspendre le seau dehors à une branche du frêne et je revins dans l'étable. L'étalon n'avait pas bougé.

— Tu as repris du poids, lui dis-je. Je te trouve magnifique.

Il rejeta la tête en arrière et piaffa.

Je fis un autre pas.

Il agita sa crinière, et je remarquai de nouveau à quel point elle était emmêlée. Une étrille n'y suffirait sans doute pas. Il faudrait peut-être envisager de la couper entièrement.

— Ne t'inquiète pas, murmurai-je. Je ne pourrais jamais te faire de mal.

Lentement, en m'empêchant de trembler, j'avançai la main. Je touchai sa joue, longtemps. Puis je laissai mes doigts descendre le long de son encolure jusqu'à son épaule. Il me permit ce geste deux fois, puis pivota sur ses postérieurs et repartit se poster au fond de son box.

Je le regardai, surprise. Il m'avait fait confiance.

La pression soudaine d'un corps chaud contre ma jambe interrompit mes pensées. Avant que je puisse l'arrêter, Tigresse s'était glissée entre les planches et avait posé ses pattes de devant sur le rebord du seau de l'étalon.

Je vis ce dernier s'avancer, la tête baissée, les oreilles remuant rapidement d'arrière en avant, l'air curieux, mais prêt à se battre s'il le fallait.

— Tigresse ! Viens, ma chatte, viens.

Je l'implorai, mais Tigresse était trop occupée à laper l'eau fraîche pour s'inquiéter d'un cheval, aussi près soit-il.

— Katie !

C'était Mme Stevens, qui hurlait devant la maison. En temps normal, j'aurais répondu en hurlant aussi que j'arrivais, mais je n'avais pas envie de crier. Pas à cet instant-là. L'étalon fit un autre pas, puis s'arrêta et, les naseaux dilatés, allongea sa longue encolure. Il n'était qu'à quelques centimètres de Tigresse. Elle ne sembla même pas le remarquer.

Elle finit de boire, se remit à quatre pattes, avec grâce et en silence, comme n'importe quel chat le ferait. Elle ressortit du box en se glissant de nouveau entre les planches, et revint se frotter contre ma jambe en ronronnant.

— Bravo ! dis-je à l'étalon.

Le mustang frappa le sol de l'un de ses deux postérieurs. Il était encore trop tôt pour qu'une mouche le démange. Ses yeux étincelaient. On aurait vraiment dit qu'il essayait de me parler.

— Tu pourrais l'écraser avec un seul de tes sabots, lui fis-je remarquer. Je sais que tu le pourrais. Comment se fait-il que tu aies eu peur de quelque chose de si petit ?

— Katie !!

Plus que tout, je voulais rester exactement là où j'étais et parler au mustang jusqu'à ce qu'il me laisse de nouveau le toucher.

— Katie !!!

Mme Stevens avait l'air drôlement en colère. Si je l'obligeais à grimper jusqu'à l'étable pour obtenir une réponse...

— Je ferais mieux d'y aller, dis-je à l'étalon tout en reculant. Je reviendrai ce soir ou peut-être avant. Quoi qu'il arrive, je serai là aussi tôt que je le pourrai.

Le mustang me fixa de nouveau si intensément qu'il semblait près de dire quelque chose, près de parler. Je sortis sur la pointe des pieds, m'efforçant à des mouvements lents jusqu'à la porte. Une fois dehors, j'attrapai le seau sur la branche et descendis aussi vite que possible vers la maison.

J'avais fait la moitié du chemin lorsque le vieux coq se mit à chanter, longtemps, bruyamment. Un instant plus tard, le soleil commença à poindre à l'horizon. Des rais de lumière dorée jaillirent dans la vallée. Les cèdres près de la rivière semblaient presque noirs. Le spectacle était si beau que j'en restai le souffle coupé. Puis je remarquai un cheval attaché à la barre devant la maison — un grand rouan, cuivre. Je ne l'avais jamais vu auparavant. Je ralentis l'allure et obliquai pour entrer par la porte de derrière.

Chapitre 6

— Katie ?

Mme Stevens m'appela à l'instant même où elle entendit la porte se fermer.

— Oui, madame, répondis-je. Je m'occupe du lait.

— Tu es plus lente qu'une tortue ce matin, reprit-elle d'un ton de reproche mesuré, plantée au bout du couloir. Va te nettoyer. On a de la visite.

Je voulais lui demander qui était là, mais elle pivota sur ses talons et repartit dans le petit salon. Qui pouvait bien venir si tôt le matin ? Je mis le lait à reposer dans la cuve et en gardai juste assez pour remplir la soucoupe de Tigresse. Puis je lavai le seau au plus vite.

Il me fallut une seconde pour arranger un peu mes cheveux, et je me lavai les mains et le visage dans la cuvette. Je remontai le couloir tout en espérant que le voisin, peu importe qui il était, partirait bientôt. Je voulais effectuer autant de corvées que possible pour voler un peu de temps libre ensuite si je le pouvais. Plus je parlais au mustang, plus il me faisait confiance.

J'aurais aimé que cette semaine ne soit pas consacrée au grand ménage de printemps. En temps normal, j'avais du mal à m'éclipser dans l'étable. Ce serait presque impossible tant que nous ne serions pas venues à bout de ce surcroît de travail.

Mes pensées s'apaisèrent à la seconde même où je tournai le coin du couloir. Un homme était assis à table avec M. Stevens. Il portait un chapeau dont les bords étaient si larges qu'ils lui cachaient presque entièrement la face. C'était étrange qu'il ne l'ait pas enlevé. Malgré le jour qui commençait seulement à poindre, malgré ce large bord qui faisait saillie sur son visage, je devinai que sa peau était de la couleur du café comme le sont celles qui sont souvent exposées au soleil. C'était un voisin que je n'avais jamais rencontré.

— Te voilà enfin ! s'exclama Mme Stevens.

Ses mains, qui, jusque-là, avaient voleté nerveusement de son visage à son corsage, se joignirent pour me chasser d'un revers vers la porte.

— Va vite chercher les œufs, m'ordonna-t-elle.

Je pris le panier sur le bahut et sortis.

Nous ne les avions pas ramassés la veille — il y avait trop à faire dans la maison. J'en trouvai quatorze, malgré la réaction grincheuse des poules, qui étaient encore tout endormies. Lorsque je revins, Mme Stevens s'affairait toujours. Elle avait fait du café et le servait.

Elle se pencha au-dessus du panier comme si elle n'avait jamais rien vu de tel de sa vie. Je ne la savais pas si anxieuse. Peut-être l'homme était-il banquier ? Ma mère avait le même genre de réaction quand le nôtre nous rendait visite.

— Assieds-toi ! m'intima Mme Stevens en me chassant de nouveau de ses doigts joints. Et mange !

Il y avait sur la table un bol de bouillie. Le mien. Je m'approchai d'un pas hésitant. Les hommes parlaient de bœufs à voix basse.

Peut-être M. Stevens était-il en train d'acheter un attelage pour le labour ? Certains juraient qu'ils étaient bien meilleurs que les chevaux pour ce genre de travail lent et régulier.

Je me glissai sur ma chaise en tâchant de me faire invisible. Mon bol d'avoine ne fumait pas. Je pris ma cuillère et goûtai. Froid. Je levai les yeux pour demander à quelqu'un de me passer le miel, mais les deux hommes étaient plongés dans leur conversation et Mme Stevens repartait vers le fourneau à bois.

— J'en ai pour une minute, lança-t-elle.

M. Stevens fit un signe de la main pour lui indiquer qu'il avait entendu.

— Ça prend... commença-t-il.

— Cinq mois. Parfois, six, l'interrompit l'homme. Je partirai tôt, aussi tôt que le temps le permettra.

M. Stevens hocha la tête.

— Et la terre là-bas, elle est... reprit-il.

— Inoccupée ou bon marché, l'interrompit l'homme de nouveau. Les meilleurs lots partent vite. Ça pourrait être une erreur d'attendre un an.

Là-dessus, je finis par comprendre ce qui se passait, et mon estomac se noua. Cet homme n'avait pas l'air d'un fermier, parce que ce n'en était pas un. Son chapeau était étrange, parce que c'était le genre de chapeau qu'un homme pouvait porter par tous les temps. Cet homme avait quelque chose à voir avec le départ vers l'Ouest. M. Stevens envisageait d'y partir *cette année* ?

Il continua de poser des questions. Je mangeai ma bouillie, puis restai assise, sans bouger, à les écouter. Mme Stevens avait mis une poêle sur le feu : j'entendais les œufs craqueter et grésiller dans la graisse de porc, et la fourchette gratter la fonte quand elle les remuait.

Mon cœur palpitait. Si nous partions réellement, je pourrais envoyer une autre lettre à mon oncle Jack, juste pour lui annoncer que j'arrivais. Cela ne poserait aucun problème, j'en étais certaine. Il ne pouvait pas en être autrement.

Mme Stevens se racla la gorge et je levai les yeux. Elle arrivait avec deux assiettes remplies d'œufs brouillés fumants et de grosses tranches de jambon.

— C'est difficile de ne pas se laisser tenter par de nouvelles terres, disait l'homme. Il n'y a que les idiots qui restent assis à regarder passer la chance qui s'offre à toute une génération. Vous ne m'avez pas l'air d'en être un, monsieur.

M. Stevens redressa les épaules et s'assit plus droit sur sa chaise.

— Je ne passe pas pour stupide, c'est vrai, répondit-il.

— Beaucoup d'hommes sensés ont décidé de ne pas partir, n'est-ce pas, monsieur Barrett ? demanda Mme Stevens d'une voix posée tout en le servant. Mon mari n'a pas encore fait son choix.

L'homme se tourna pour la regarder :

— Votre mari m'a l'air plutôt intéressé, lui répondit-il avec un sourire tout en pinçant le bord de son chapeau d'un geste respectueux. Ne vous inquiétez pas, m'dame. La plupart des femmes de fermier s'habituent assez vite à la vie en chariot. Vous verrez.

Je baissai la tête et pris ma cuillère, bien déterminée à rester invisible le plus longtemps possible pour entendre ce que ce M. Barrett avait à dire avant que Mme Stevens ne me renvoie à mes corvées. Mais elle me remarqua aussitôt après.

— Katie ?

Je la regardai. Elle s'essuyait les mains à son tablier, le visage sévère et dur.

— Oui, madame ?

— Va t'occuper de ces matelas, tout de suite.

Je me levai en soupirant.

Les feuilles de maïs étaient dans le bûcher. J'en remplis un sac assez grand pour le matelas des Stevens et revins dans la maison par la porte de derrière. M. Barrett se préparait à partir. J'avais raté la fin de la conversation.

***

Le grand ménage s'éternisa — mais il s'acheva enfin, au bout de *deux* semaines, et non une. Nous étions au mois de mars. Pourtant, on ne se serait pas cru bientôt au printemps. Il faisait plus froid que pendant l'hiver.

Il y eut même une tempête de neige et Hiram arrêta de battre les éteules* de l'automne précédent pour aller aider M. Firner à tuer le cochon. Grâce à la température, la viande se conserverait mieux jusqu'à ce qu'on la sale et qu'on la place dans le fumoir.

Le temps se dégrada à un point tel que M. Stevens remit Midnight et Delia, et

* Chaumes qui restent sur place après la moisson.

l'attelage de labour, jour et nuit dans l'étable. Je dus couvrir le poulailler d'une épaisse couche de paille pour protéger la première couvée de poussins de l'année. Tigresse s'installa aussi dans l'étable, et insista pour qu'on lui apporte son lait là-bas. Elle se refusait à marcher dans le chemin enneigé. Pourquoi pas. Le mustang savait désormais qu'elle était inoffensive.

Lui semblait apprécier la compagnie des autres chevaux. Dès qu'ils furent comme lui dans leur stalle, il sembla plus calme et plus heureux. Il m'observait chaque fois que je grattais les oreilles de Midnight, ou que je peignais la crinière et la queue de Delia.

Quand j'avais le temps de m'arrêter pour lui parler, il s'avançait désormais jusqu'à sa porte et me laissait le toucher — si j'étais seule. Si Hiram ou M. Stevens entraient, il repartait au fond de son box.

Hiram était toujours patient et d'humeur égale avec lui. L'étalon l'observait de près lorsque, chaque matin, il venait nettoyer les stalles et nourrir les animaux. Hiram lui parlait aussi, mais le mustang ne s'approchait jamais de lui.

Je sentais qu'Hiram trouvait un peu difficile d'être enfermé avec les Stevens à cause du temps. Il serait content quand la neige cesserait et qu'il pourrait s'occuper des tiges de maïs que M. Stevens avait laissées à l'automne précédent dans ses deux champs. Il avait commencé les semailles tard et les épis avaient été trop petits pour être cueillis avant la survenue de la première gelée. Il n'avait pu engranger qu'une moitié de récolte, au mieux.

Chaque matin, j'avais pris l'habitude de m'arrêter devant le box du mustang avant d'aller traire Betsy, et de lui demander :

— Est-ce que tu me laisseras te toucher aujourd'hui ?

Il réagissait toujours. Parfois, en balançant la queue ; parfois, en soufflant longuement. En tout cas, visiblement, il comprenait ce que je lui disais.

— La terre est encore gelée, lui expliquai-je un jour. Mais dès que la glace aura fondu, M. Stevens mettra les autres chevaux au pré. Tu n'as pas envie de sortir, toi aussi ?

Il me regarda depuis le fond de son box. Il frappa le sol d'un antérieur, avança et vint mettre le bout de son nez exactement au-dessus de sa porte. Je fis un pas vers lui, et m'arrêtai. Je restai immobile un instant, puis fis un autre pas en avant — la moitié d'un pas, lentement, les bras collés le long du corps. Il était encore sur ses gardes avec moi, comme avec n'importe quel être humain.

Je m'approchai, levai doucement la main et la plaçai juste devant lui, ouverte, paume vers le haut. Il fit vibrer ses naseaux en soufflant bruyamment. Puis je sentis le picotement des poils de sa barbe, un soupir chaud — et l'odeur de l'herbe douce émanant de son haleine. Je lui caressai la joue, puis laissai glisser ma main le long de son encolure. Il huma mes cheveux, ma tempe, et, de nouveau, ma main. Mais, tout à coup, il s'effaroucha et fit une volte si soudaine que ses sabots projetèrent des mottes de terre contre le bois.

J'entendis un gloussement sourd et me tournai vers la porte. M. Stevens me regardait :

— C'est bien, me dit-il. Peut-être que si tu arrives à l'apprivoiser un peu, je pourrai le dresser.

Je m'efforçai d'acquiescer d'un signe de tête, mais tressaillis à l'idée que M. Stevens monte le mustang. Il n'était pas très habile dans une selle, il portait toujours un fouet, et tirait rudement sur les rênes quand il conduisait le boghei. Je plaignais les juments.

— Tu as entendu toutes nos conversations sur ce voyage vers l'Ouest, poursuivit-il.

Le visage impassible, j'approuvai de nouveau en silence. Il ne s'était jamais adressé à moi, hormis pour me réprimander ou pour me rappeler de terminer une corvée quelconque.

— Ça se voit que Mme Stevens ne veut pas y aller ?

Encore une fois, je fis oui d'un signe prudent. Tout le monde pouvait s'en rendre compte. Chaque fois qu'il abordait le sujet à table, son visage se décomposait.

Il soupira :

— Est-ce qu'elle t'en a beaucoup parlé ?

— Pas du tout, monsieur.

Il regarda ses bottes, puis leva de nouveau les yeux vers moi. J'avais peur qu'il s'approche et qu'il effraie le mustang. Mais il se contenta de secouer la tête ; puis, sans dire un mot de plus, il se tourna et disparut. Peu après, je l'entendis crier. Mme Stevens lui répondit depuis la maison.

— Donne-moi quelques minutes, et j'en aurai fini avec Betsy, murmurai-je au mustang.

Il ouvrit large ses naseaux, prenant un air redoutable et sauvage. Pourtant, lorsqu'il m'avait effleurée, il avait été si prudent, si doux.

Je regrettai de tout mon cœur que M. Stevens ait choisi ce moment pour pénétrer dans l'étable. Peut-être le mustang ne s'approcherait-il plus jamais de moi. Quand j'eus fini de traire Betsy, il était revenu à l'avant du box. Mais lorsqu'il me vit approcher, il recula.

— Ne t'inquiète pas, lui dis-je tout en continuant d'avancer. Je comprends. Quand je parle à quelqu'un, moi aussi, je deviens timide.

— Katie !!!

Dans la maison, Mme Stevens s'époumonait, et je sentis la colère monter dans mon cœur comme un vol de corneilles apeurées. Je m'arrêtai et posai par terre le seau lourd de lait. Je voulais lui hurler qu'elle me laisse tranquille, juste une fois, juste pour un instant. Mais je savais que cela ne m'avancerait à rien de la contrarier encore davantage.

J'avais appris ma leçon lors de ma première semaine avec eux. Un jour, Mme Stevens m'avait gardée punie, au coin, un long moment, en attendant que je lui présente mes excuses pour avoir dit que son poulet n'était pas aussi bon que celui de ma mère. Je n'avais que six ans, et je ne disais que la vérité — sans compter que tout cela m'avait fait pleurer, car ma mère me manquait. Mme Stevens était restée inébranlable.

— Katie !!!

Je serrai les poings et me demandai quel effet cela me ferait de passer toute une journée sans qu'on me crie des ordres. Mes parents avaient été stricts, mais ils souriaient beaucoup aussi. Ma sœur était la plus jolie, la plus drôle des petites filles ; quand elle riait, tout le monde autour d'elle riait aussi...

Mme Stevens hurla de nouveau. Les yeux picotés par l'envie de pleurer, je pris à tâtons le seau à lait et avançai. J'entendis un petit hennissement, et je tendis la main pour caresser le chanfrein* de Midnight en passant. Mais des larmes brûlantes troublaient maintenant ma vision, et je me tordis de douleur.

Les muscles de mon ventre tressautaient, mes épaules tremblaient, et il n'y avait rien que je puisse faire. Je voulais ma famille. C'était impossible qu'ils aient tous disparu.

---

* Partie antérieure de la tête du cheval.

C'était impossible que cela soit arrivé, pas à tous, pas tous à la fois.

La douleur qui m'étreignait enfla jusqu'à emplir chaque pore de ma peau. Secouée de sanglots, je reposai le seau à l'aveuglette, puis m'en écartai, sentant à peine dans mon dos les planches contre lesquelles je m'appuyais.

Prête à soutenir l'assaut, je me pressai fermement contre le bois, et me laissai enfin submerger par les pleurs ; je n'avais pas d'autre choix que de pleurer cette fois. J'étais si triste et si fatiguée de vivre là où personne ne m'aimait. Les Stevens n'essayaient même pas de faire semblant de m'apprécier la plupart du temps.

Je me couvris la bouche d'une main tremblante. J'avais plus l'impression de vomir que de pleurer — cela faisait si longtemps que j'avais la nausée. Je savais que Mme Stevens n'avait probablement pas cessé de hurler mon nom, mais je ne l'entendais plus. Je n'entendais que les petits bruits saccadés qui sortaient de ma propre bouche. Les planches dans mon dos me faisaient mal. Pleurer me faisait mal. *Tout* me faisait mal.

Un frôlement léger et chaud sur mon épaule me fit me tourner, les yeux toujours fermés.

« Pauvre Midnight, pensai-je, je lui ai fait peur. » Elle était douce et calme comme toujours. Je levai les bras pour l'étreindre, puis je continuai de pleurer le visage enfoui dans son encolure, reconnaissante à ces animaux d'être mes amis.

C'est alors que mes doigts rencontrèrent une touffe de crinière emmêlée, et mon cœur battit plus vite. Je savais que j'aurais dû m'éloigner, que, si j'effrayais le mustang, il risquerait de se cabrer et de me blesser. Mais je ne pouvais m'arrêter de sangloter, et le mustang resta près de moi une minute encore, en attendant que je parvienne à me calmer. Puis je le sentis relever la tête et reculer.

Je lâchai son encolure aussitôt et ouvris les yeux. Je savais qu'il ne voulait pas qu'on s'appuie contre lui, qu'on se cramponne à lui. Il l'avait accepté, pour moi.

— Katie, mais qu'est-ce que tu fabriques ?!!

Mme Stevens hurlait encore plus fort ; au son de cette voix si dure, je retins ma respiration un instant. Était-elle en train de grimper le chemin ? Elle avait l'air plus près, mais à quel point, je ne pouvais le dire. Tout en réfléchissant, je m'essuyai le visage avec la manche de ma robe.

Le seau était là. Aucun fétu de paille ne flottait dans le lait. J'éviterais les ennuis si je me hâtais. Je soulevai le seau, puis me tournai vers le mustang.

— Merci, lui chuchotai-je.

Les mots étaient insuffisants, je le savais. Mais je les avais prononcés en toute sincérité.

Chapitre 7

M. Barrett revint deux fois dans les quinze jours qui suivirent. Lors de sa seconde visite, Hiram resta l'écouter — et deux voisins se joignirent au groupe. M. Themble et M. Dulin, les mâchoires serrées, étaient tout ouïe.

M. Barrett passa beaucoup de temps à leur parler de ce qu'il fallait emporter, et de ce qu'il valait mieux laisser sur place. M. Stevens posa des questions sur le choix des provisions, sur la présence ou non d'herbe le long de la piste, sur la disposition des terres dans l'Oregon.

J'écoutai avec beaucoup d'attention. M. Themble était plus intéressé par l'élevage du bétail que par la culture des sols. M. Dulin se renseigna à deux reprises pour savoir s'il y avait du bois de charpente, des scieries, ou si, du moins, les rivières étaient suffisamment profondes pour des roues à aubes qui permettraient leur construction à un homme prêt à y consacrer son temps et ses efforts.

— Vous avez de bonnes cartes ? demanda Hiram d'une voix discrète.

Sa question recentra la discussion sur l'itinéraire, le voyage, les difficultés de la piste.

Cependant, je restai assise près du fourneau, par terre, aussi silencieuse qu'une souris, osant à peine bouger. Finalement, les hommes eurent épuisé leurs sujets, et le silence s'installa pendant quelques secondes.

— Comment s'en sortent les fermiers qui se sont installés là-bas il y a quelques années ? demanda alors Mme Stevens.

Tous les hommes se tournèrent pour la regarder. J'étais certaine qu'ils avaient oublié sa présence, tout comme ils avaient oublié la mienne. Elle ne pouvait pas ne pas savoir que M. Stevens serait très mécontent qu'elle ose ainsi se mêler de leur discussion. Sa voix tremblait légèrement. Ses mains aussi.

Mais l'étonnement de M. Stevens atteignit son comble lorsqu'il vit sa femme prendre une chaise et s'asseoir à la table, juste en face de M. Barrett. Ce dernier sourit d'un air embarrassé :

— Ils s'en sortent pas mal, d'après ce qu'ils disent.

Mme Stevens prit une bouffée d'air :

— C'est ce qu'ils vous répondent quand vous leur demandez ? insista-t-elle.

— Pas directement, répondit M. Barrett en haussant les épaules.

Elle attendit, le regard fixé sur lui. M. Stevens avait l'expression d'une personne qui vient de recevoir un coup de poing dans l'estomac. Je n'avais jamais vu, pas une seule fois, Mme Stevens défier la volonté de son mari de cette façon. Le visage de ce dernier était aussi sombre qu'un ciel de tempête. Elle avait les mains nouées sur les genoux.

M. Barrett ajusta son chapeau :

— J'ai conduit deux convois vers l'Ouest, m'dame. Un jusque dans l'Oregon, l'autre jusqu'en Californie.

Mme Stevens sembla prise de nausée :

— Seulement deux ? Donc, vous n'êtes retourné dans aucun de ces deux endroits et vous ne savez pas comment les gens s'en sortent.

— Les habitations poussent comme de la mauvaise herbe là-bas, m'dame, répondit-il en souriant.

Mme Stevens s'éclaircit la voix :

— Davenport a un tribunal depuis six ans. On a des boulangeries, une forge, une épicerie. La terre est à ce point meilleure là-bas ?

M. Barrett retrouva son sourire large et tranquille :

— De plus en plus de gens y partent chaque année, m'dame. Elle doit donc être aussi bonne qu'ils le disent. Il y en a qui reviennent, mais...

— Pourquoi ? l'interrompit Mme Stevens, le regard dur comme la pierre. Pourquoi reviendraient-ils...

M. Stevens frappa la table du plat de la main :

— Je vous prie d'excuser ma femme, monsieur Barrett, lança-t-il avant de se tourner vers elle : Ça suffit, Martha. Plus un mot.

Mme Stevens était comme pétrifiée. Elle fixa son regard sur le dessus de la table, le visage parfaitement imperturbable, tandis que le silence enflait et emplissait la pièce jusqu'aux murs de la maison.

Après une longue minute de gêne, Hiram se décida à demander :

— Est-ce qu'il y a des épidémies de fièvre ou d'autres maladies dans l'Oregon ?

Je quittai Mme Stevens des yeux pour les tourner vers M. Barrett.

— Non, répondit ce dernier. Pas de choléra, pas de chancre*, rien d'important à signaler. Il n'y a pas de marais, pas de marécage, et l'air n'est pas lourd.

Tout à coup, Mme Stevens se leva, et s'excusa. Elle alla faire un peu plus de café, et resta près du fourneau, le dos tourné.

Je m'écartai de son chemin, et trouvai un autre endroit par terre — un coin beaucoup plus froid, mais je ne voulais pas aller au lit tant que je pouvais l'éviter.

Lorsque les visiteurs eurent pris congé et que M. Stevens les eut accompagnés à l'extérieur, il rentra et lança à sa femme qu'il était l'heure d'aller se coucher. Comme à l'ordinaire, elle me chassa d'un geste des mains. Je remontai le couloir sans me plaindre, heureuse qu'elle ne m'ait pas remarquée plus tôt.

J'entendis alors M. Stevens la sermonner, d'une voix pleine de colère contenue. Ensuite, le son de ses pleurs dans le petit salon fut le

---

* Maladie de la peau.

seul bruit dans la maison. Je ne sais pas exactement à quel moment elle partit se coucher. Je m'endormis.

M. Barrett revint à trois reprises. Chaque fois, Mme Stevens prépara à souper et lui se régala et la complimenta sur sa cuisine. Elle remerciait poliment d'un signe de tête en ne disant que le strict nécessaire.

Chaque fois, j'écoutais aussi longtemps qu'on me le permettait. Un soir où l'on m'avait ordonné d'aller me coucher, je laissai ma porte entrebâillée pour pouvoir entendre des bribes de leur conversation tout en m'endormant. Certaines informations m'effrayaient. Mais je voulais tout de même partir.

Les jours passèrent, le temps se radoucit, mais la neige ne fondait pas, et le chemin vers l'étable était toujours glissant. Le lendemain des visites de M. Barrett, je rapportais au mustang ce que j'avais entendu. Il restait près de moi, reniflait mes cheveux et mes mains, les yeux grands ouverts et alertes. Parfois, je me disais qu'il me comprenait presque. J'aurais aimé qu'il puisse parler. Il connaissait probablement l'Ouest mieux que M. Barrett ne le connaîtrait jamais.

Désormais, Hiram était absent la plupart du temps. Il dégageait à la pelle la neige qui recouvrait les chemins et les toits de ce qu'il appelait les fermes des veuves. Avec mon père, la fièvre avait emporté beaucoup d'hommes adultes.

Je savais que, d'ici peu, le temps s'adoucirait complètement. Je me demandais combien de familles prendraient la route au lieu de labourer leurs champs. J'espérais que, nous, nous le ferions.

— Les femmes se retrouvent pour coudre vendredi prochain, annonça M. Stevens un matin, durant le petit déjeuner, en adressant un large sourire à Mme Stevens, puis à moi.

Je ne pus m'empêcher de le dévisager. Depuis quand s'intéressait-il à la fabrication des courtepointes ou à quoi que ce soit que les femmes du comté de Scott faisaient ensemble ?

Mme Stevens pencha la tête :

— Oui, je sais. Violet Dulin est passée l'autre jour. J'étais en train de désherber le jardin. Je lui ai dit que je n'irais pas.

— Pourquoi ? demanda alors M. Stevens d'un ton sec.

— Ton cousin devrait être bientôt là, répondit Mme Stevens d'une voix douce. J'ai pensé qu'il valait mieux que je reste à la maison pour qu'elle soit prête pour son arrivée.

— Je trouve que tu devrais y aller, rétorqua-t-il en fronçant les sourcils.

Mme Stevens ouvrit la bouche, puis la referma en hochant la tête lorsque le visage de son mari se durcit. Ce soir-là, je la vis sortir le sac dans lequel elle gardait les morceaux de tissu, et commencer à coudre des carrés ensemble dès le souper terminé. Elle aurait besoin d'un début de courtepointe pour pouvoir continuer à y travailler pendant qu'elle discuterait avec les autres femmes du groupe.

Mon cycle ininterrompu de corvées se poursuivait. Betsy se moquait totalement de la rapidité à laquelle je la trayais ou de l'attention que je lui portais — à partir du moment où elle recevait sa ration de grains et de foin. Je me hâtais donc de m'occuper d'elle, puis j'allais parler au mustang. Delia et Midnight, elles, se sentaient délaissées et m'adressaient parfois des petits hennissements jaloux.

M. Stevens continuait de se lever aux aurores et de demander à Hiram d'atteler le boghei à la lueur de la lanterne. Mais il avait cessé d'aller boire le café dans les cuisines des fermes voisines pour y parler du temps toute la journée. Désormais, il s'en allait discuter avec des hommes qui se préparaient à partir vers l'Ouest. Il revenait avec des listes de provisions, des dessins, des cartes. Mme Stevens n'ouvrait plus la bouche, et ne le dérangeait pas non plus le soir quand il se plongeait dans ses papiers.

Depuis ce matin où j'avais éclaté en larmes, le mustang avait changé d'attitude envers moi.

— Tu as dû décider que j'étais trop pitoyable pour être dangereuse, lui dis-je un jour en passant mes doigts dans sa crinière.

Je lui avais déjà démêlé beaucoup de nœuds ainsi. Il n'aurait toujours pas toléré l'étrille.

Il secoua la tête et des ondulations se propagèrent sur toute la surface de son corps, comme un tremblement qu'il ne pouvait contrôler. Il frappa le sol d'un sabot antérieur, puis de l'autre. Ensuite, il se tourna et fit le tour du box, forcé de décrire un cercle serré par les planches.

Il était enfermé dans cette stalle depuis si longtemps qu'il en était nerveux et agité. Parfois ses va-et-vient dérangeaient Delia et Midnight. Une ou deux fois, même, le vieil attelage de labour, pourtant si paisible, s'était mis à hennir et à piétiner la terre battue de leur propre stalle tandis que le mustang faisait le tour de la sienne, la tête rejetée en arrière, en gémissant et en fouettant l'air de la queue.

— Calme-toi, lui avais-je murmuré un matin.

Il s'était arrêté pour que je puisse le caresser, puis il avait repris sa ronde. C'était terrible de le voir faire ainsi les cent pas. Le box était assez grand, mais l'étalon n'en était jamais ressorti depuis son arrivée à la ferme.

Je savais pourquoi. M. Stevens avait toujours peur de le mener au pré. Hiram, aussi ; il l'avait reconnu. Mais Hiram, en me tapotant la tête, m'avait aussi dit que j'aidais beaucoup le mustang. Il avait ajouté que je m'y entendais avec les chevaux et que je ferais un bon dresseur. J'avais éclaté de rire avec lui. Ce n'était pas un métier de fille.

— J'aimerais bien qu'Hiram revienne, dis-je à l'étalon. J'aurais besoin de son conseil.

Je caressai le mustang sur le chanfrein. Il secoua sa crinière et leva haut la tête. Il avait entendu un petit bruit, une souris dans la paille, très probablement. Il remarquait des détails qui passaient inaperçus auprès des autres chevaux.

— Bientôt, il fera plus chaud, repris-je. Midnight et Delia repartiront au pré.

Je lui frottai les oreilles et il ferma les yeux lorsque je grattai les piqûres de moustique qu'il ne pouvait atteindre même s'il se pressait contre les cloisons de son box.

— Est-ce que tu me laisserais te passer un licol et te mener à la longe ?

Il releva brusquement la tête, mais il me permit de lui caresser l'encolure un instant avant de se tourner et de recommencer à trotter de long en large.

— Si tu me laissais faire, je pourrais sans doute convaincre M. Stevens de t'autoriser à courir dans le pré, de temps en temps au moins, repris-je quand il revint vers moi.

Cette fois, je lui caressai le front tandis qu'il balançait la tête d'un côté et de l'autre. Puis il reprit son cercle. Je souffrais de le voir faire ; c'était mal de le garder ainsi enfermé.

Je courus jusqu'à la porte et observai le chemin qui descendait jusqu'à la maison. Mme Stevens était dans le jardin potager près de la route. J'étais censée la rejoindre après avoir trait Betsy et vidé les pots de chambre, dehors, dans les cabinets.

Je la regardai travailler le sol encore à demi gelé. Remarquerait-elle que je m'accordais quelques minutes supplémentaires ? Même si elle s'en rendait compte, elle hurlerait mon nom plusieurs fois avant de grimper jusqu'à l'étable. J'aurais le temps de prétendre que je nettoyais le matériel des chevaux, par exemple.

Je suspendis le seau de lait dans le frêne, hors de portée de Tigresse, puis repartis dans l'étable. La sellerie sentait la souris et la graisse pour cuir. Aux clous sur le mur de droite pendaient les bricoles pour les juments et les harnais aux grosses lanières pour la charrue. Sur le mur du fond se trouvaient trois arçons. Seul l'un d'eux portait une selle — qui n'était que rarement utilisée. M. Stevens prenait toujours le boghei.

Au-dessus des arçons, il y avait deux autres clous. À l'un d'eux étaient suspendues deux brides, dont les mors nickelés étaient couverts de poussière. À l'autre étaient accrochés cinq ou six licols ayant tous déjà bien servi.

Je les soulevai un à un rapidement. Deux étaient réglés au dernier cran — au maximum, pour l'attelage de labour. Je finis par en choisir un vieux dont le cuir était lissé à force d'avoir été utilisé. Je repartis dans l'allée.

Le mustang m'observait. Je marchai lentement, lui laissant le temps de bien voir le licol. Il fit trois ou quatre fois le tour de son box, tout en s'arrêtant assez longtemps pour regarder, avant de laisser éclater sa peur et de se cabrer, la tête rejetée en arrière, pendant quelques secondes.

— Je sais que l'idée ne te plaît pas, lui dis-je.

J'en étais certaine. Après tout, cordes et cuir étaient ce qui l'avait conduit jusqu'ici, enfermé dans cette stalle. Comment lui faire croire qu'un licol était aussi le moyen d'en sortir ?

— Est-ce que tu peux me faire assez confiance pour le regarder au moins ? l'implorai-je.

Il était maintenant fou d'inquiétude, il fouettait l'air de la queue, respirait difficilement.

— Ça ne te fera pas mal, je te le promets.

J'avançai encore d'un pas. C'est alors que Tigresse entra comme un ouragan et sauta sur le bout de la longe. Je me retournai pour la regarder. Un détail m'avait échappé. La lanière, derrière moi, ressemblait à un serpent rampant dans la paille.

Je la tirai des pattes dc Tigresse et l'enroulai lentement. Puis je fis de nouveau face au mustang.

Il était encore agité, mais il avait cessé de battre de la queue. Je risquai un demi-pas en avant, puis un autre. Lorsque je fus assez près pour qu'il puisse renifler le cuir du licol, je m'arrêtai.

Il fit trois fois le tour du box, puis passa l'encolure par-dessus les planches. Je maintins le licol, sans le bouger, pour qu'il le touche et le renifle aussi longtemps qu'il le souhaitait. Je restai parfaitement immobile pour lui donner le temps de se convaincre que cet objet ne lui voulait aucun mal.

— Katie !

Je soupirai. Je manquais à Mme Stevens. Quelle surprise.

— Je dois y aller, dis-je à l'étalon en soupirant de nouveau. Je dois toujours y aller.

Je mis le licol dans mon dos et tendis ma main libre. Il me laissa le caresser et tirer doucement sur sa crinière. Je l'embrassai sur le nez. Les poils duveteux me picotèrent les lèvres et les narines.

Immédiatement après, j'allai remettre le licol à sa place en courant et me précipitai au-dehors.

Chapitre 8

Au départ, mon seul but était d'habituer le mustang au licol et à la longe pour qu'il puisse sortir de cette étable obscure et poussiéreuse. Mais, les jours passant, et M. Stevens et les autres hommes commençant à se réunir presque chaque soir, je sus que j'avais une autre raison, encore plus importante que la première. Si nous partions vers l'Ouest, il faudrait absolument que l'étalon apprenne à se maîtriser et à se laisser guider sans résister. S'il n'y parvenait pas, peut-être M. Stevens le vendrait-il, après tout.

Je m'échappais donc jusqu'à l'étable encore plus souvent qu'auparavant. Assez vite, le mustang s'habitua à flairer le licol quand je le lui montrais. Puis, rassuré, il fourrait son nez dans mon cou dans l'espoir que je lui frotte les oreilles, ce que je faisais, tout en lui passant doucement le licol le long des joues et sur les naseaux.

Un matin, je lui glissai la lanière de cuir sur le nez et poussai la têtière, doucement, par-dessus ses oreilles. Étonné, il fit un écart, puis, plusieurs fois, le tour de son box, mais lorsqu'il se rendit compte que rien ne se passait qui soit douloureux ou effrayant, il revint vers moi et me laissa lui caresser le front.

Après qu'il se fut habitué à porter le licol, je tentai de tirer légèrement, par petits à-coups, sur les lanières. La première fois, il bondit en arrière, surpris et en colère. Je tins bon un instant et il faillit me soulever du sol. Un muscle dans mon bras se froissa — et me fit souffrir pendant des jours. Je veillai à ce que Mme Stevens ne le remarque pas.

Je poursuivis le même exercice, mais l'étalon réagissait toujours de la même façon. Cela m'inquiétait. Chaque fois que je tentais de contrôler ses mouvements, ne serait-ce que pour une seconde, il se braquait, prêt à lutter. Comment pourrais-je jamais lui apprendre à se maîtriser ? J'étais presque sûre qu'il ne me restait pas beaucoup de temps.

Le moment des labours approchait. D'ordinaire, M. Stevens aurait déjà commencé à nettoyer et à réparer les harnais, à s'assurer que le soc de la charrue était bien affûté, à faire le choix des différentes cultures, à acheter les grains de semence — mais cette année, il ne faisait rien de tout cela. Il se serait aussi inquiété de voir Hiram si occupé ailleurs, mais il ne semblait pas s'en soucier le moins du monde non plus.

Un matin, un homme vint et acheta l'attelage de trait. Je donnai à chacune des deux bêtes un cube de sucre trouvé dans le garde-manger, et leur fis mes adieux en les serrant fort contre moi. Sans un mot, Mme Stevens suivit des yeux l'acheteur qui repartait avec ces deux chevaux à l'ossature robuste. Elle mâchonnait sa lèvre inférieure comme un enfant près de pleurer.

Le soir même, M. Stevens revint avec des bœufs — douze bœufs, gros et lourds. Il les mit au pâturage, puis, en revenant, dit à sa femme :

— Si on décide de ne pas partir, ils pourront tirer la charrue.

Mme Stevens, les yeux plissés, répondit calmement :

— Six charrues, si nécessaire.

Il la fusilla du regard tandis qu'elle tournait les talons.

Le jour, je restais seule autant que cela m'était permis. J'en profitais pour rêver tout éveillée que la lettre de mon oncle Jack me parviendrait la veille de notre départ. Il y dirait combien il était heureux de savoir que j'arrivais. Il m'y décrirait sa femme, aimable et jolie. Ils auraient cinq enfants. Un ou deux seraient des filles de mon âge environ, et nous grandirions ensemble, comme des sœurs.

Le soir, allongée sur ma paillasse, j'écoutais les hommes parler dans la cuisine et regrettais de ne pouvoir poser de questions. Je voulais savoir comment étaient les écoles dans l'Ouest. Étaient-elles petites et confortables, comme ici, où tous les enfants partageaient une ou deux pièces seulement ? Étaient-elles équipées de poêles à bois contre le froid de l'hiver ? Mon oncle Jack me laisserait aller à l'école, j'en étais certaine. Il ne me ferait pas travailler tout le temps comme les Stevens le faisaient.

Chaque nuit ou presque, je m'endormais en pensant à ce voyage vers l'Ouest.

Un soir, alors que l'air sentait la pluie, M. Stevens s'assit pour lire un guide. Je remarquai sur la couverture qu'il avait été écrit par un homme du nom de Lansford D. Hasting. J'avais déjà vu des guides de voyage. Un certain Medorem Crawford en avait publié un, et un autre auteur, qui s'appelait Asa Lovejoy, aussi. Les fermiers d'ici se les passaient, puis en discutaient ensemble.

Mme Stevens découpait pour sa courtepointe des morceaux de tissu trouvés dans son sac. Ce soir-là, elle travaillait avec des bleus et des rouges, en forme d'étoiles. Le vent soufflait à l'extérieur, et le gémissement des frênes qu'il balançait était étrange et inquiétant.

Moi, je cassais des noix et les ôtais de leur coque en essayant de les garder entières pour que Mme Stevens ne me gronde pas.

Au bout d'un moment, elle se leva. Elle souhaita bonne nuit à M. Stevens, et celui-ci lui répondit par un signe de tête sans même lever les yeux de sa page. Je ramassai les petits morceaux de coques et les fines membranes qui avaient maintenu les quartiers de noix, puis m'excusai aussi. Il fit comme s'il ne m'avait pas entendue.

J'attendis que M. Stevens se retire dans sa chambre, puis j'allumai un bout de chandelle et lus le livre de ma mère un instant. Lorsque mes paupières s'alourdirent, j'éteignis la bougie.

Mais le vent soufflait de plus en plus fort. Je tournai et virai, réajustai ma couverture, sans pouvoir m'endormir. La nuit avança, lentement, silencieusement, si ce n'était le bruit de ce vent, dont les rafales poussaient contre les murs de la maison en passant.

Soudain, j'entendis le mustang hennir doucement. Midnight et Delia étaient dans l'étable cette nuit-là ; Hiram les avait rentrées pour le cas où il y aurait un orage. En général, quand elles lui tenaient compagnie, l'étalon était assez tranquille.

J'écoutai, espérant qu'il se calmerait, mais il continua de s'agiter. C'était bizarre. Il n'y avait pas d'éclair. Il ne pleuvait pas encore non plus, et, même si la pluie venait, les averses ne lui avaient jamais fait peur auparavant.

Je me tournai une nouvelle fois en fermant résolument les yeux, mais je résistai à la fatigue qui aurait pu me plonger dans le sommeil. Je tendis l'oreille. L'étalon gémissait maintenant, avec ces notes haut perchées qu'il émettait quand il était terrifié.

Je me levai et restai un instant debout, tremblante dans le noir. Puis j'enfilai mes vêtements. J'irais juste le rassurer un peu, puis je reviendrais me coucher.

Je sortis par-derrière et vis que l'horizon se zébrait parfois de rais de lumière, mais ils étaient loin. Dans le vent, le visage fouetté par les cheveux, je gravis le chemin en courant jusqu'à l'étable, j'ouvris la porte et luttai, pour la refermer, contre les rafales qui voulaient s'engouffrer. Une fois à l'intérieur, j'avançai à tâtons dans le noir, trouvai la lanterne, l'allumai, la suspendis à un crochet fixé au mur près de la sellerie, puis me retournai. Pétrifiée, je clignai des yeux dans la lumière couleur de miel.

L'étalon avait cassé le loquet sur la porte de son box. La clenche ne pendait plus que par un clou. Le mustang était sorti et se tenait fièrement au bout de l'allée, les naseaux dilatés. Je me mordis la lèvre, me demandant désespérément que faire. Il se cabra et battit l'air de ses antérieurs levés. Il était enfin libre, et si la porte de l'étable avait été ouverte, je savais qu'il aurait galopé quarante kilomètres au moins avant de se retourner. Je m'avançai vers lui, prenant le risque qu'il m'attaque maintenant qu'il n'y avait plus de barrière entre nous.

Le ciel à l'extérieur fut sans doute traversé par un éclair d'un blanc bleuté, car les fentes des murs en planches de l'étable s'emplirent un instant d'une lumière brillante. Puis un roulement de tonnerre s'éleva, suivi par un craquement sourd.

L'étalon hennit et, de peur, pivota sur ses postérieurs tout en se cabrant à moitié. Puis, se laissant retomber, il s'élança au galop. J'eus à peine le temps de faire un bond de côté pour l'éviter.

L'allée était longue et large, mais le mustang, au bout de cinq foulées, dut se freiner, l'avant du corps dressé, les membres postérieurs glissant sous lui jusqu'à ce qu'il s'immobilise juste devant la porte fermée. Soulevant alors ses antérieurs, il pivota de nouveau et repartit au galop. Cette fois, je me reculai jusque dans la sellerie, où je restai, immobile, à l'observer.

Il refit toute la longueur de l'allée, se cabra, pivota, et repartit en sens inverse. Il était magnifique, comme une créature magique sortie d'un livre. Chaque fois, il pirouettait, puis repartait au galop. Toute son énergie, restée si longtemps enfermée, explosait enfin.

J'étais si heureuse d'être là, si heureuse d'avoir allumé la lanterne pour lui. Maintenant que l'obscurité avait disparu, il courait, sans crainte. La terre et la paille jaillissaient sur son passage. Il fit tant d'allers-retours que je cessai de compter. Lorsqu'il finit par ralentir, sa respiration était entrecoupée de râles lourds ; il passa au trot, tout en continuant de se cabrer au bout de l'allée, et de pivoter avant de repartir.

Toutefois, il commençait à me faire peur. Son encolure était arquée, et il avançait en levant haut les sabots. Il y eut un éclair et il rua, frappant le mur de ses postérieurs à une hauteur qui dépassait de loin ma propre taille.

Au bout de ce qui me parut être des heures, il se mit au pas. Je vis le feu incontrôlable dans ses yeux diminuer d'intensité, et sa tête se courber un peu. Puis il se souvint de ma présence. Il s'arrêta et se tourna vers moi.

— Tu dois rentrer dans ton box maintenant, lui dis-je tristement. Mais je ferai de mon mieux pour que tu puisses courir encore ; j'essaierai de venir la nuit, et je te laisserai galoper, c'est promis.

Cette promesse que je lui faisais était, pour moi, solennelle.

Je lui portai du foin, puis repartis en hâte lui chercher une poignée de grains, ainsi que son licol. Il mâchonna ce dernier pendant que je le lui passais. Puis je tirai doucement. Il me suivit, incertain. Devant le portail du box, il fit un écart. D'une voix calme, je lui expliquai qu'il ressortirait.

Il entra prudemment. Je fermai la porte derrière lui et utilisai la longe en guise de loquet. Puis je lui retirai son licol et lui grattai les oreilles jusqu'à ce qu'il se dérobe pour aller boire dans son seau. J'allai chercher un peu plus de foin.

Mais alors, je flageolai sur mes jambes. Et si je ne l'avais pas entendu, et si M. Stevens l'avait trouvé en premier, et avait essayé de le faire rentrer à l'aide du fouet...

Je trouvai un maillet et tâchai de réparer le loquet. Il était tordu, mais je réussis à le faire tenir de nouveau. M. Stevens ne remarquerait rien. Il venait rarement à l'étable maintenant.

Le mustang leva la tête pour me regarder tandis que, munie d'une fourche, j'aplanissais les trous creusés par ses sabots dans l'allée et que j'étalais une nouvelle couche de paille sur le sol nivelé. Je soufflai la lanterne et sortis, luttant contre les bourrasques pour replacer la barre qui tenait la grande porte fermée.

Je redescendis jusqu'à la maison, souriant dans le vent. Si le mustang avait la possibilité de sortir et de courir, il se calmerait. Et s'il se calmait, j'étais persuadée que je pourrais lui apprendre à obéir à la longe. Il ne me faudrait qu'une ou deux semaines de plus, et tout se passerait bien.

Chaque nuit après celle-là, je me couchai plus tôt qu'à l'accoutumée, mais sans excès, pour ne pas éveiller la curiosité des Stevens. Puis, autour de minuit, je me levais et me rendais dans l'étable. La première fois où je le laissai sortir, l'étalon se montra ombrageux. Mais peu à peu, il s'habitua à ma venue, et, quand j'insistai pour qu'il m'autorise à lui glisser la têtière par-dessus les oreilles et à lui attacher la sous-gorge avant que je n'ouvre sa porte, il accepta de se laisser faire. Il était intelligent. Il avait vite compris que le licol ne l'empêcherait pas de galoper autant qu'il le souhaiterait.

Un soir, je décidai de passer la longe dans les lanières du licol, et je tirai doucement. Étant donné qu'il voulait sortir, il obéit à la pression.

Je marchai un instant avec lui, puis le lâchai dans l'allée et m'écartai. Comme un poulain dans un pré en avril, il s'élança en gambadant et en ruant gaiement. Quel bonheur de le voir si heureux !

Chapitre 9

Je m'épuisai tant à passer la moitié de mes nuits avec le mustang que Mme Stevens finit par me demander si j'étais malade, mais elle n'avait pas beaucoup de temps pour se préoccuper de moi. Son seul et unique sujet d'inquiétude était ce voyage vers l'Ouest.

Un soir, M. Stevens s'adressa à moi durant le souper :

— Katie ?

Je levai les yeux. Il souriait.

— Pourquoi est-ce que tu ne prendrais pas la journée demain pour aller coudre avec Martha ?

Je le regardai, incrédule. Mme Stevens ne cessait de répéter que j'étais trop jeune pour participer à ces réunions de femmes, que je ne saurais pas me tenir tranquille assez longtemps — jamais je n'aurais pensé qu'on m'offrirait cette possibilité.

Mme Stevens se racla la gorge, et son mari se tourna vers elle :

— J'ai décidé de rester ici, lui dit-elle calmement. Je serais terriblement ennuyée si ton cousin arrivait et que je ne sois pas là pour l'accueillir.

M. Stevens garda le silence un long moment, puis regarda sa femme de nouveau :

— Il y a des gens qui viennent visiter la ferme demain. J'ai pris ma décision, Martha. Nous partons à l'Ouest.

Mme Stevens baissa les yeux sans rien dire. L'intérêt soudain de M. Stevens pour les courtepointes cousues par sa femme s'expliquait maintenant. Il ne la voulait pas dans ses jambes le lendemain. Pas plus qu'il ne me voulait, moi.

— Je vous demanderai à toutes les deux d'être aimables, reprit-il d'un ton égal.

— Bien, susurra Mme Stevens avant de lever les yeux et d'ajouter : Je ferai honneur au sacrement du mariage et j'obéirai à mon époux. Mais je ne te pardonnerai jamais pour ça, Robert, et Katie non plus, dans cette affaire. Elle aussi, tu vas l'enlever à tout ce qu'elle connaît.

Sur ce, elle rassembla les plis de sa jupe, se leva, et quitta la pièce, me laissant seule face au visage cramoisi de M. Stevens.

— Elle est juste contrariée à l'idée de quitter ses amies, dit-il d'une voix basse qui s'adressait à lui-même plus qu'à moi. Elle s'y habituera.

— Moi, je veux y aller, dis-je timidement.

Interloqué, M. Stevens me regarda, comme s'il venait de se rendre compte que j'étais dans la pièce avec lui.

— C'est vrai ?

J'acquiesçai.

— C'est bien, très bien, me répondit-il en souriant.

Sa voix était si raisonnable que mon visage s'éclaira aussi. Mon expression l'encouragea :

— M. Peery et M. Gleason partent aussi. Comme les Wilson, la famille Themble et, peut-être, M. Dulin. Et Hiram, je pense.

Hiram émigrait ? La nouvelle me rendit heureuse. Mais je restai calme et silencieuse. M. Stevens ne m'avait jamais adressé autant de mots en une fois. Jamais. Sans compter que ce n'était même pas terminé :

— On descendra la rivière de Muscatine à Saint Louis ; là-bas, on achètera des goélettes de la prairie et on suivra la piste vers l'ouest jusqu'à Independence. Tout le monde utilise ce type de chariot bâché maintenant.

Il se passa la main dans les cheveux pour les tirer vers l'arrière et je remarquai de gros cernes sous ses yeux.

L'espace d'un instant, je songeai à lui parler du mustang, de sa docilité croissante. Mais, avant que j'en aie le temps, il me mit la main sur l'épaule d'un geste malhabile et reprit :

— Martha aura besoin de ton aide pour préparer notre départ. Dès que la ferme sera vendue, il faudra qu'on aille très vite, sinon on risquerait d'être surpris par l'hiver avant d'être arrivés à destination. Je ne veux pas avoir à m'installer ailleurs en attendant.

Je le fixai, le cœur palpitant. C'était vrai. Nous partions. J'irais jusque dans l'Oregon et je retrouverais ma famille.

— On ne va pas prendre grand-chose, reprit-il en indiquant vaguement de la main la pièce, puis la maison. Pas après Saint Louis, en tout cas. La sœur de Martha habite là-bas. Elle pourra garder ces fichus tapis.

Je parcourus du regard les objets autour de moi. La table avait appartenu à la tante préférée de Mme Stevens. Le fourneau à bois était un cadeau de ses parents pour son mariage. Ses tapis faisaient sa joie et sa fierté. Les étagères contenaient de la vaisselle que la mère de son père avait apportée d'Angleterre.

J'étais si obnubilée par mon désir de partir que je n'avais pas pensé à ce que ce départ représenterait pour elle — ou pour moi, en fait. Je voyais presque la maison de mes parents depuis la colline. Si j'émigrais à l'Ouest, il était presque certain que je ne poserais plus jamais les yeux dessus. Cette idée me dérangeait.

Je ne sais pas exactement à quel moment je remarquai que M. Stevens parlait toujours. Mes pensées tournaient dans ma tête et s'étaient emmêlées en une telle boule de nœuds que sa voix s'était littéralement évanouie.

— ... ce sont des terres qui appartiennent au gouvernement, et la condition, pour les obtenir, c'est de les exploiter et d'y construire une habitation, la première année, disait-il. La loi est très claire à ce sujet, même si le bruit court que certains n'ont pas réussi à remplir le contrat et devraient être expulsés.

— C'est ce que j'ai entendu M. Barrett dire, remarquai-je sans réfléchir.

— Ah bon ? s'exclama M. Stevens avec intérêt.

— Tu devrais avoir honte, retentit soudain la voix froide, blanche de Mme Stevens.

Je me tournai vivement, m'attendant à ce qu'elle me sermonne et m'envoie directement au lit pour avoir parlé à son mari sur un ton familier ou irrespectueux. Mais elle ne me regardait pas, moi. Elle regardait son époux.

Surprise, je l'observai tandis qu'elle le fixait, lui, et le fixait tant et si bien qu'il se dirigea sans un mot vers la porte d'entrée, sortit et disparut dans l'obscurité.

— Ne compte pas sur les hommes pour réaliser tes rêves, me dit Mme Stevens quand nous fûmes seules. Que ce soit comme père, frère, ami ou mari, ajouta-t-elle les yeux durs et froids comme de la glace, ne compte jamais sur eux.

J'acquiesçai poliment, ne sachant comment réagir autrement.

— Nettoyer la maison pour son cousin... reprit-elle d'un ton las. Je n'ai jamais vu la lettre, ajouta-t-elle avec un rire amer. Aucun cousin ne va venir. Il voulait juste que la maison soit propre. C'était un *stratagème*, Katie.

— Je suis vraiment désolée, hasardai-je.

— Va lire, va faire ce que tu veux, dit alors Mme Stevens dans un murmure. Mais disparais. Je veux être seule un moment.

— Est-ce que je peux aller à l'étable ?

— Ça m'est égal. Vas-y si ça te chante, me répondit-elle en hochant la tête et en me chassant de la main.

Je sortis par-derrière.

De l'autre côté de la maison, M. Stevens s'était planté en haut des marches, devant la porte d'entrée ; je distinguais sa silhouette au clair de lune. J'empruntai le chemin de l'étable et, au bout d'un moment, j'entendis M. Stevens rentrer et je compris qu'il allait parler à sa femme.

Je pénétrai dans l'étable, heureuse de m'éloigner d'eux. Je passai une heure au moins à faire marcher l'étalon dans un sens, puis dans l'autre, et je le laissai ensuite galoper. Il ne se jetait plus sur chaque centimètre de liberté avec la rage du désespoir dont il avait fait montre au début. En fait, il n'avait jamais été si calme.

Tremblante dans le froid du soir, j'accrochai la longe à son licol et j'osai : j'ouvris la porte de l'étable et le conduisis à l'extérieur. L'espace d'un instant, je me dis que j'avais commis une grave erreur. Il leva brusquement la tête, haut, et se mit à caracoler de côté, l'encolure arquée. Je tirai doucement sur la longe. Il m'obéit.

Je lui fis faire le tour du frêne, trois ou quatre fois, puis descendre et remonter la moitié du chemin. C'était sans doute l'obscurité qui le dissuadait de s'échapper, toutefois, il ne semblait pas du tout nerveux ni apeuré, même lorsque les chiens se mirent à aboyer. Je donnai donc du mou à la longe pour qu'il puisse pointer le nez au vent et inspirer l'air à longues bouffées.

Puis je le menai vers la maison, en suivant la haie de lilas, suffisamment loin de l'enclos des chiens, mais tout en fredonnant pour qu'ils nous entendent arriver et ne reprennent pas leurs aboiements.

J'envisageai un instant d'aller jusqu'à la porte pour montrer à M. Stevens combien il avait changé, mais en m'approchant, j'entendis que lui et sa femme étaient en pleine discussion, et je retournai vers l'étable.

— Nous partons à l'Ouest, annonçai-je à l'étalon en le remettant dans son box. Nous partons vraiment à l'Ouest !

Un peu plus tard, je rentrai discrètement par la porte de derrière et remontai le couloir sur la pointe des pieds. M. et Mme Stevens ne parlaient plus. Était-ce bon, ou mauvais signe ? Ce soir-là, je me couchai et restai éveillée à rêver de l'Oregon, de ma vraie famille, et à me dire combien ce serait merveilleux de les rejoindre.

Chapitre 10

Je m'éveillai le lendemain, soucieuse. M. et Mme Stevens prirent leur petit déjeuner en silence. Elle plaça l'assiette devant son mari et repartit vers son fourneau. Lui, les yeux rivés au mur, mastiqua, longuement.

Je mangeai moi-même ma bouillie d'avoine lentement, attendant que l'un ou l'autre parle, qu'ils prétendent au moins que tout était normal — c'est ce qu'ils avaient toujours fait jusqu'alors après une dispute. Mais quand j'eus fini mon bol, ils n'avaient pas échangé un seul mot —, je sus que, cette fois, rien n'était plus pareil.

— Quand est-ce qu'ils arrivent ? demanda enfin Mme Stevens.

Elle avait parlé d'une voix si abrupte et autoritaire que je tressaillis.

M. Stevens la regarda droit dans les yeux :

— Dès le lever du jour ; c'est ce qu'ils ont dit. Ils sont chez les Gibson — c'est la nièce de Mary Esther, je crois. Alors ils ont passé la nuit là-bas et...

— D'accord, l'interrompit brusquement Mme Stevens en hochant la tête.

— C'est la famille McCarty. Ils viennent du nord de l'État de New York, reprit-il. Et ils...

— Je serai prête, le coupa Mme Stevens. Je vais mettre quelque chose de présentable. Katie peut débarrasser le petit déjeuner, ajouta-t-elle en se tournant vers moi.

J'acquiesçai d'un signe de tête, mais je savais qu'elle ne me voyait pas. À mon avis, que sa cuisine soit bien rangée ou non ne devait pas beaucoup lui importer ce matin-là. Lorsqu'ils eurent tous deux quitté la pièce, je m'empressai de nettoyer la table, le bahut, de mettre les assiettes lavées à sécher sur l'égouttoir, de reverser le reste de lait dans la cuve, et de replacer le beurre dans son torchon.

J'étais juste en train d'essorer le chiffon de la vaisselle, lorsque j'entendis par la fenêtre ouverte le grincement des roues d'un chariot mêlé au cliquètement de sabots. Tout essoufflée, je remontai le couloir en courant pour aller chercher mes chaussures.

Le soleil trônait, rond et éclatant, sur l'horizon. J'avais une demi-heure de retard dans mes corvées. Je ne pensais pas que qui que ce soit s'en soucierait ce jour-là, mais Betsy, elle, se demanderait ce qui se passait.

Je sortis à la hâte par la porte de derrière en espérant que le mustang ne serait pas trop nerveux. Il n'était pas habitué à entendre des voix étrangères. J'avais gravi la moitié du chemin lorsque Tigresse me rattrapa, lancée à pleine foulée comme si des loups la poursuivaient. Je remarquai alors des rires et des cris d'enfants par-dessus les bruits du chariot qui approchait, et je compris ce qui lui avait fait peur. Tigresse n'entendait jamais de bruits d'enfants en train de jouer. Mme Stevens me forçait à rester calme, et polie — et je n'avais jamais le temps de m'amuser.

Je me précipitai dans l'étable. Le mustang avait sorti la tête de son box. Je posai le seau à lait par terre et allai vite lui frotter les oreilles. Tigresse se faufila entre les deux dernières planches de sa porte pour aller laper son eau. L'étalon la remarqua à peine.

— Bravo, lui dis-je. Une fois les McCarty partis, on pourrait peut-être montrer à M. Stevens ce que tu as appris à faire.

J'écartai le toupet de ses yeux et caressai son large front en suivant du doigt le dessin en spirale formé par ses crins.

Les premières lueurs du soleil, qui pénétraient par la porte, capturèrent dans leur lumière la poussière qui s'échappait de sa robe. J'avais tenté, quelques semaines plus tôt, de lui passer l'étrille, mais il ne m'y avait pas autorisée. Peut-être maintenant me permettrait-il de le brosser — peut-être pourrais-je démêler les derniers nœuds dans sa crinière.

— Demain, je vais te panser, lui promis-je. On attendra que ce soit fait pour montrer à M. Stevens que tu me laisses te mener à la main.

Un éclat de rire me fit virevolter. Deux petites filles se tenaient à l'entrée de l'étable, toutes deux blondes et bouclées. Elles me sourirent, et mon cœur, dans ma poitrine, se brisa en mille morceaux. Elles ressemblaient assez à ma petite sœur et à moi-même pour que nous soyons de la même famille. La plus jeune surtout, avec son sourire enjoué et ses joues roses et rondes, me faisait penser à Tess.

Souffrant intérieurement, je leur adressai un signe de tête poli, puis leur tournai le dos pour ramasser mon seau. Les larmes roulaient le long de mon visage, et je ne pouvais rien faire pour les arrêter. Cet accès de tristesse était aussi soudain et aigu que le soir où j'avais étreint l'encolure de l'étalon.

— Elle, c'est Ruth, et moi, c'est Mary, me dit la plus âgée des deux.

Je regardai par-dessus mon épaule et la vis le doigt pointé sur sa poitrine. Je tentai de sourire, sans succès. Elle semblait avoir sept ans environ, et Ruth, cinq peut-être.

Tess aurait fêté son sixième anniversaire cette année, m'entendis-je penser. Pendant l'été.

— Je m'appelle Katie, réussis-je à dire sans me retourner.

Je savais que, si je l'avais fait, elles auraient vu mes larmes. Comment pourrais-je leur expliquer ? Je me mordis la lèvre. Je ne voulais pas expliquer, je ne voulais pas avoir à leur dire quoi que ce soit. Elles n'avaient pas le droit de me voir dans cet état... de me mettre dans cet état...

— Oh, qu'il est beau !

Je pivotai sur mes talons juste à temps pour apercevoir une volée de jupons se soulever tandis que la petite Ruth grimpait sur la porte du box de l'étalon, et se penchait vers lui.

Le mustang renâcla, rejetant la tête en arrière.

— Ruthie ! Descends ! s'écria sa sœur aînée.

L'étalon piaffa. La petite Ruth, se tenant aux planches, se redressa, ses jupes se balançant derrière elle comme une cloche. L'étalon se cabra et battit l'air de ses sabots levés, puis se laissa retomber et rua de plein fouet dans le mur fermant le fond de son box. Le bruit de ses sabots contre le bois retentit comme une porte qu'on claque dans une maison calme. La petite Ruth se mit à pleurer. L'étalon se cabra de nouveau, les yeux cerclés de blanc.

— Descends ! hurlai-je.

Une fois encore, le mustang se cabra. Ruthie avait l'air terrifiée, mais ne descendit pas ; au lieu de cela, ses pleurs se transformèrent en gémissements.

— Descends ! vociféra sa sœur.

Ruth se pencha plus loin encore en arrière et je compris alors qu'elle ne *pouvait* pas descendre. Devant elle, ses jupes s'étaient prises dans les planches. Le mustang s'était attaqué au bois tant de fois qu'il s'était fendu et les longs éclats avaient accroché le tissu de la robe. Le mustang s'élança dans un cercle, puis, dents découvertes, fonça droit sur la porte du box.

Ruth poussa un hurlement. Un hurlement haut perché, grinçant. Répondant par un cri aigu, le mustang pirouetta et ses sabots cinglèrent les planches du bas de la cloison. Je lâchai mon seau à lait et m'élançai. L'étalon avait entamé une volte serrée, soulevant et projetant des mottes de terre autour de lui.

Tout en accourant, j'entendis des voix d'adultes s'approcher, appelant Ruth et Mary par leur prénom, s'intensifiant, mais je gardai les yeux fixés sur le mustang. Il était si terrifié, si prisonnier de sa stalle, que je n'avais pas la moindre idée de ce qu'il ferait. Il s'immobilisa, puis foula la terre de ses pieds, les naseaux dilatés.

— Écarte-toi de ce cheval ! s'écria M. Stevens en pénétrant dans l'étable.

Un homme, jeune, le visage déformé par l'inquiétude, le suivait. Mais j'étais plus près qu'eux et je tendis les bras au moment où le mustang se dressait une nouvelle fois.

Avec une force féroce, je tirai Ruth en arrière. Sa robe se déchira, mais je n'y pouvais rien. Le mustang fonça contre la porte, la heurta du poitrail, et le loquet que j'avais réparé gémit sous la pression — mais Ruth, désormais, était hors de danger. Je la posai à terre et elle courut se réfugier dans les bras de son père en pleurant.

M. Stevens se dirigea vers la sellerie et en ressortit en brandissant le fouet. Il le fit claquer dans le vide, et l'étalon battit en retraite au fond de son box.

— Attendez ! m'écriai-je. Attendez ! Je lui ai appris à...

Le sifflement du fouet me coupa la parole. Le visage rougi, M. Stevens, comme une furie, se mit à lever et à baisser le bras, comme un homme qui actionne une pompe. C'était horrible. L'étalon criait, gémissait, grondait, tournait, tournait encore, pour essayer d'éviter les brûlures de la lanière.

Quand M. Stevens abaissa enfin son arme, Ruth l'implorait d'arrêter — nous l'implorions, tous. Pétrifiée, tremblante, je ne pouvais que fixer les plaies ensanglantées qui striaient la tête et l'encolure de l'étalon.

— Elle lui a fait peur, dis-je en me tournant, les dents serrées. Je sais qu'elle ne l'a pas fait exprès, mais ce n'était pas la faute du cheval.

Elle a escaladé sans prévenir, et quand elle a crié et pleuré, il s'est affolé.

Le mustang faisait face au mur, mais son encolure formait un angle qui lui permettait de surveiller ce qui se passait derrière lui du coin de l'œil, les sabots postérieurs prêts à défoncer tout ce qui s'approcherait.

— Pardon, répétait Ruth encore et encore. Je ne voulais pas faire de bêtise !

Mme McCarty prit sa fille dans ses bras et lui parla doucement tandis que son père venait vers moi :

— Les filles ne sont pas habituées aux chevaux, me dit-il calmement. Merci beaucoup de l'avoir tirée de là.

Je le regardai. Je ne savais pas quoi dire. Je ne pouvais pas penser, et je n'avais pas envie de parler. Je voulais juste qu'ils partent, tous, pour que je puisse m'occuper du mustang, lui présenter mes excuses, le consoler.

— Je crois que nous devrions aller voir les champs maintenant, lança M. McCarty.

La soulevant des deux bras, il assit sa fille sur sa hanche. Mme McCarty me sourit, d'un sourire timide, incertain, et qui s'évanouit devant mon visage fermé.

M. Stevens pivota sur ses talons avant que je puisse réagir et la famille McCarty sortit de l'étable derrière lui.

— Ce cheval est vicieux, leur dit-il par-dessus son épaule. Je l'ai acheté à un marchand malhonnête.

Je me tournai vers le mustang et restai là, à le regarder, les larmes roulant le long de mes joues. Je mourais d'envie de tout expliquer à M. Stevens, de lui prouver que le mustang n'était pas dangereux si on ne lui faisait pas peur. Qu'il pourrait s'habituer à la présence de plus d'une personne ; je savais qu'il en était capable. Mais, désormais, tout cela prendrait plus de temps. Il avait besoin de temps, et de considération — pas d'une main armée d'un fouet.

Chapitre 11

Ce jour-là, les McCarty parcoururent avec M. Stevens chaque centimètre carré de la propriété. Les deux hommes avançaient à grands pas, ramassant des poignées de la bonne terre brune de la ferme, examinant l'intérieur du puits, discutant. Mme Stevens resta dans la maison. Mme McCarty suivit les hommes de loin, lentement, tenant ses filles par la main. Je m'occupai de traire Betsy, puis restai dans l'étable un moment. Le mustang faisait les cent pas dans son box, et il couchait les oreilles et se crispait si je m'approchais.

Je finis par porter le lait dans la maison, et pris dans le placard un tissu de coton doux que je mouillai dans la bassine. Je repartis en courant vers l'étable. Si Mme Stevens m'avait entendue entrer — ou ressortir —, elle choisit de ne pas hurler cette fois.

L'étalon mit longtemps à venir jusqu'à la porte de son box. Une fois qu'il y fut, il me laissa humecter ses plaies avec l'eau fraîche dont j'avais imbibé le tissu et, bien après, passa la tête par-dessus les planches pour fourrer son nez dans mon cou.

— Ce n'était pas ta faute, m'évertuais-je à lui dire. Ce n'était pas ta faute ; c'était la mienne. Si je n'avais pas pleuré, et essayé de le cacher, je l'aurais vue à temps.

C'était vrai, mais il semblait m'avoir pardonné, et me faire toujours confiance. Cela me rassura un peu.

En fin d'après-midi, lorsque les McCarty prirent congé, le mustang semblait calmé, mais moi, non. J'observais M. Stevens et M. McCarty, qui discutaient à côté du chariot. M. McCarty hocha la tête et tendit le bras. M. Stevens lui prit résolument la main, la serra dans la sienne — et je compris que la ferme était vendue.

Quand je revins enfin dans la maison, l'heure du souper était proche. Dans la cuisine, je trouvai Mme Stevens, le regard rivé sur la fenêtre, une main devant la bouche. Sans bouger, elle me dit ce que je devais faire. Sa voix tremblotait comme si elle était près de fondre en larmes.

J'essayai de trouver quelque chose à dire qui pourrait la réconforter, mais je savais que c'était impossible ou presque. En outre, j'avais peur que tout ce que je trouverais ne transforme son inquiétude en colère — contre moi.

Je vaquai donc à mes corvées du soir sans me hasarder à lui parler. Cependant, elle fit le tour de chaque pièce une bonne dizaine de fois, ses mains s'arrêtant soudain sur un objet ou sur un autre. Je savais ce qu'elle faisait. Elle tentait de déterminer ce qu'elle emporterait, et ce qu'elle laisserait derrière elle.

Comme les soirs précédents, M. Stevens mangea son souper en silence. Mme Stevens le regarda à peine — puis partit se coucher de bonne heure. Le lendemain matin, quand je me levai, lui était déjà parti et nous ne le vîmes pas de la journée.

Lorsque la nuit tomba, Mme Stevens resta silencieuse, mais elle était très nerveuse et tournait la tête vers la porte constamment. J'étais anxieuse aussi. Pourquoi ne nous avait-il rien dit ? Peut-être m'étais-je trompée en pensant que les McCarty avaient acheté la ferme. Allions-nous partir ?

Je montai jusqu'à l'étable pour y traire Betsy, parlai au mustang quelques minutes, puis repartis en courant. J'avais transvasé le lait pour le laisser reposer et je m'apprêtais à nettoyer le seau, lorsque j'entendis l'attelage approcher. Je mis le seau de côté, et me précipitai vers la pièce donnant sur l'avant de la maison.

Mme Stevens était déjà à la fenêtre. Dans le crépuscule, nous vîmes deux chariots, et non le boghei. M. Stevens sauta au bas de l'un d'eux. Ce n'étaient pas Midnight et Delia qui le tiraient — c'était un nouvel attelage de gris pommelés.

Nous entendîmes M. Stevens parler, et un autre homme lui répondre. Je connaissais cette voix. C'était celle d'Hiram, qui conduisait le second chariot — celui-ci tiré par Midnight et Delia. Les deux hommes dételèrent les chevaux et les conduisirent au pâturage. Mme Stevens quitta la fenêtre et alla mélanger son ragoût.

M. Stevens garda le silence jusqu'à la fin du repas. Hiram gigota sur sa chaise comme un homme qui aurait préféré être ailleurs. Lorsque M. Stevens eut fini son assiette, il s'essuya la bouche avec sa serviette. Puis il se racla la gorge. Du coin de l'œil, je vis Mme Stevens se raidir. Je retins ma respiration.

— Ils ont acheté la ferme, annonça-t-il d'une voix égale.

Il s'arrêta, puis se racla la gorge une nouvelle fois :

— Gleason et Peery veulent voyager ensemble jusqu'à Saint Louis et au-delà. Themble aussi. Dulin a fait marche arrière. Je pense qu'on ferait bien de suivre nos voisins. Hiram vient avec nous. On a prévu de partir samedi, à l'aube.

Mme Stevens porta la main à sa bouche. Comme si elle avait parlé, M. Stevens hocha la tête :

— On prendra les deux chariots. McCarty m'a donné trente dollars de plus pour le fourneau et pour tout ce qu'on ne pourra pas emporter. J'ai vendu l'attelage du boghei à Hiram. J'ai utilisé les chevaux de Gleason pour ramener le chariot ici, mais on prendra les bœufs jusqu'à Muscatine. Ça ne sert à rien de garder des chevaux qu'on n'utilisera pas.

Je clignai des yeux. Midnight et Delia appartenaient à Hiram maintenant ? Est-ce que

M. Stevens vendrait le mustang aussi ? Il ne se rendait pas compte à quel point j'avais travaillé avec lui, à quel point il était devenu docile.

M. Stevens s'interrompit. Mme Stevens garda le silence.

— Ça, c'est la liste que Barrett nous a aidés à rédiger, reprit-il alors après avoir plongé la main dans sa veste. On s'est servis des guides aussi.

Il aplatit la feuille sur la table, l'air fier de lui. De ma place, je pouvais lire ce qui était écrit.

Cela commençait par : « Trente livres de haricots par personne ». La deuxième ligne disait : « Dix quarts de sel par personne ». Et la liste continuait. Quand il fit glisser la feuille vers sa femme, j'eus le temps de voir que tout ne concernait pas la nourriture. On y mentionnait aussi des couvertures, des vêtements de rechange, le nombre de paires de chaussures... C'était une longue liste.

— Si tu n'arrives pas à la suivre exactement, reprit M. Stevens, fais ce que tu peux pour t'en approcher le plus possible, et marque ce qu'on n'a pas.

Je me soulevai de ma chaise pour me pencher afin de mieux voir :

— Je n'ai pas quatre paires de chaussures, dis-je calmement.

M. Stevens parut déconcerté :

— Eh bien, commença-t-il avant de hausser les épaules en regardant sa femme, on en achètera à Saint Louis.

Je baissai les yeux vers ma robe. Elle était en lambeaux, et trop petite pour moi. M. Stevens se plaignait chaque fois qu'il devait m'en acheter une nouvelle. Je m'étais demandé à plusieurs occasions si cette obligation de m'habiller n'était pas, en partie, la raison pour laquelle ils ne voulaient pas que j'aille à l'école.

— Va dormir un peu, Katie, me dit M. Stevens.

Je le regardai. Il était à peine sept heures du soir. D'ordinaire, je restais debout aussi longtemps qu'eux — encore une heure environ.

Il se renfrogna :

— C'est un ordre.

Je reculai ma chaise de la table. Je mourais d'envie de découvrir tous les détails du voyage. Je regardai Hiram à la dérobée.

— Je suis contente que tu viennes, lui dis-je.

Il me sourit en hochant la tête.

— Katie ! s'exclama Mme Stevens de cette voix de crécelle qui me faisait serrer les dents.

— Bien, madame, répondis-je en me tournant vers le couloir.

Un mouvement attira mon attention et je jetai un coup d'œil furtif par-dessus mon épaule. Hiram me fixait. Je souris discrètement pour lui faire savoir que ce n'était pas grave. J'étais habituée à entendre les Stevens me parler de cette façon. C'était pire quand ils étaient en colère l'un contre l'autre.

Dès que j'eus ouvert mon placard, j'entendis M. Stevens reprendre la parole — à voix basse. Je m'allongeai sur ma paillasse sans me déshabiller ; je n'ôtai même pas mes souliers. J'avais laissé la double porte entrebâillée. J'essayai d'écouter, mais je ne comprenais pas un mot — ils parlaient trop doucement.

Je restai ainsi longtemps, regrettant de ne pouvoir m'éclipser dans l'étable. Je voulais laisser le mustang galoper, et je voulais l'entraîner au licol encore une fois. Il ne fallait pas que les choses se passent mal lorsque je ferais ma démonstration à M. Stevens.

Je souris dans l'obscurité. La vérité, c'est que je voulais juste apprendre la bonne nouvelle à quelqu'un. Je partais vers l'Ouest ! Mon oncle Jack serait fier de moi, fier du mustang. Il demanderait à tous ses amis de venir voir cet incroyable cheval sauvage que sa nièce avait apprivoisé. Ses filles seraient un peu jalouses, mais je serais si gentille qu'elles comprendraient combien c'était important pour moi, combien j'étais reconnaissante et...

C'est alors que je me souvins du seau. Je l'avais posé, en entrant, juste à côté de la porte de derrière, et l'y avais laissé, sale. En temps normal, la moindre goutte de lait tourné exaspérait Mme Stevens. Alors en ce moment, en toute probabilité, elle me fouetterait avec la branche de saule pour cet oubli. Je me levai, contente de ne pas m'être déshabillée. Les voix dans la cuisine s'étaient tues. Tout le monde avait dû se retirer pour la nuit.

Je pourrais laver le seau sans faire de bruit. J'en étais presque sûre. Et même si on m'entendait, ce serait mieux d'admettre mon erreur que de voir Mme Stevens mettre la main sur le seau sale le lendemain.

Je poussai la porte de mon placard, et m'appuyai contre la chaise pour retirer mes chaussures et mes collants. Si j'étais pieds nus, il y aurait peu de chances qu'on me remarque.

Je remontai le couloir, mais, au lieu de

tourner aussitôt dans la cuisine, je m'arrêtai, et j'écoutai. Ils étaient couchés. Je fis un autre pas, et restai pétrifiée en entendant la voix de M. Stevens :

— Martha, il y a sept familles qui partent dans notre comté. Deux veulent utiliser leurs bêtes pour aller jusqu'à Independence. Les autres, comme moi, ont réservé un passage en bateau pour rejoindre Saint Louis.

Ses explications continuèrent et je l'entendis mentionner les tapis. Puisqu'il parlait toujours, j'en profitai pour courir jusqu'à la porte de derrière. Éclairée par le minuscule rai de lumière oblique qui brillait jusque dans le couloir depuis la cuisine, je pris le seau en veillant à ne pas cogner l'anse en métal contre le bois. La bassine était pleine. J'y plongeai le seau, le renversai et lui fis faire un mouvement circulaire pour le remplir d'eau, avant d'en frotter l'intérieur à l'aide d'un chiffon. Puis je le soulevai délicatement, pour ne pas faire de remous dans l'eau.

Soulagée d'avoir réussi à effectuer cette corvée sans être prise sur le fait, je glissai le seau en silence sur la table, et me tournai pour repartir me coucher.

Des bruits de pas me firent hésiter. Puis de longues ombres apparurent sur le mur du couloir, et je plongeai derrière la table de la bassine.

— Maintenant que Martha dort, je veux te parler, disait M. Stevens à voix basse.

Je retins ma respiration. Ils arrivaient dans le couloir, et se dirigeaient vers la porte de derrière. Ils passèrent devant moi, puis s'arrêtèrent.

— Je ne l'ai pas encore dit à Martha, murmura M. Stevens, mais je vais laisser la fille à Saint Louis. Ils ont des orphelinats là-bas, beaucoup même.

Mon cœur cessa de battre, puis redémarra, lentement, douloureusement.

Hiram ne répondit pas.

— Et je crois qu'on ferait aussi bien d'abattre le cheval, ajouta M. Stevens. Je ne peux pas le vendre. Harris a dit à tout le monde qu'il l'avait attaqué, et l'incident avec la fille des McCarty ne va rien arranger. Occupe-t'en demain. J'emmènerai Martha et la fille en ville avec moi pour y chercher des provisions.

Il s'interrompit, et j'entendis Hiram faire son oui-non-peut-être embarrassé. Je m'affaissai contre le mur : mon rêve d'aller vers l'Ouest s'écroulait. Un orphelinat. L'étalon, mort. Je serrai les lèvres pour refouler mes larmes.

Je ne pouvais pas leur donner l'occasion de m'entendre. Je n'osais pas. Si M. Stevens découvrait que j'avais épié...

— À mon avis, la fille ne poserait pas de problème pendant le voyage, et vous pourriez la laisser chez son oncle dans l'Oregon, dit soudain Hiram. Pour ce qui est du cheval, le grand air et le voyage devraient le calmer.

M. Stevens eut un grognement d'impatience :

— La fille a besoin de nourriture, et de vêtements, et de couvertures, et de chaussures, et nous n'avons pas d'argent à revendre, Hiram. L'oncle n'a jamais répondu à ses lettres — qui sait s'il est vivant, même. Et puis, le cheval est dangereux. Il aurait pu tuer la petite McCarty.

Il avait peur ! J'aurais voulu hurler. *Il n'essayait pas de faire mal à qui que ce soit !* Je me mordis la lèvre inférieure avec tant de rage que je sentis du sang dans ma bouche, mais je ne fis pas un bruit. Je n'osais pas. Désormais, la vie du mustang dépendait de moi.

Chapitre 12

Dès que la voie fut libre, je repartis discrètement dans mon placard. Je m'assis sur le bord de ma paillasse, l'esprit en émoi, le corps tremblant. J'avais horriblement peur, mais je n'avais pas le choix. Je devais prendre le mustang avec moi, et partir, et je devais le faire avant le matin. Même si Hiram refusait d'abattre l'étalon, M. Stevens le ferait lui-même ou engagerait quelqu'un à cette fin.

J'entendis Hiram prendre le chemin de la porcherie. La lanterne s'éteignit. Je comptai jusqu'à mille. Puis je me levai dans le noir et allumai un de mes bouts de chandelle. Frissonnante et frémissante, j'enveloppai dans ma couverture de lit le livre de ma mère, ce qu'il me restait de bougies, et le petit fusil à silex que j'utilisais pour les allumer. La couverture et le briquet appartenaient à Mme Stevens, et je fis le serment de lui envoyer un jour l'argent nécessaire pour les lui rembourser. Je ne voulais rien devoir à M. Stevens. Je trouvai un morceau de ficelle dans la pièce de derrière et l'utilisai pour lier chaque extrémité de mon ballot. Puis je respirai profondément.

J'étais si angoissée à l'idée de quitter cette maison que mes mains en tremblaient. La porte de derrière s'ouvrit facilement, sans grincer, et aussitôt, je me mis à courir vers la haie de lilas, mes pieds touchant à peine le sol tant j'avais peur. À l'aide d'un morceau de bois, je déterrai le petit paquet qui contenait les boucles de chaussure en argent de mon père. Je l'enfonçai dans mon ballot, puis je m'accroupis sous les lilas pour m'assurer que personne ne m'avait entendue.

Un instant après, je me relevai et repartis en courant vers l'étable, après avoir ralenti le pas devant l'enclos des chiens et leur avoir parlé pour qu'ils reconnaissent ma voix.

Lorsque je vis un rai de lumière filtrer sous la porte de l'étable, mon estomac se noua. Je croyais que M. Stevens avait mouché la lanterne. Peut-être l'avait-il apportée ici ? Allait-il abattre le mustang le soir même ? Hiram avait-il refusé de le faire ?

Je finis de gravir le chemin en courant plus vite encore, puis, une fois arrivée, je laissai tomber mon ballot à terre et ouvris la porte brusquement, prête à crier, à hurler, à me jeter sur M. Stevens comme un moineau chasse un faucon de l'arbre où il a son nid. Mais ce n'était pas M. Stevens.

C'était Hiram. Il se tenait près du box du mustang, et ce dernier s'était approché à quelques centimètres de lui. Quand il m'entendit, Hiram se tourna vers moi et, à l'expression sur mon visage, comprit mon désespoir.

— M. Stevens veut l'abattre, me dit-il en hochant la tête.

Je m'avançai en lui expliquant que j'avais entendu leur conversation. Hiram grimaça. Je me redressai et lui annonçai :

— Je pars avec le mustang, ce soir.

— Tu es très courageuse, me répondit-il en me regardant.

— J'ai peur, lui avouai-je. Seulement, je n'ai pas le choix.

— Mais tu ne peux pas le monter, me dit-il en haussant les épaules. Tu ne peux même pas le mener à la main.

— Si, lui rétorquai-je en me mettant bien droite. Pousse-toi un peu, et regarde.

Il me fallut plus de temps qu'à l'accoutumée, mais je réussis à passer le licol au mustang, puis à accrocher la longe. Immobile, silencieux, Hiram m'observa pendant que je faisais aller et venir l'étalon dans l'allée. Ce dernier était nerveux, mais il resta près de moi.

— Les chariots... commença Hiram lentement. J'en ai acheté un. Et les deux chevaux. J'ai donné de l'argent à M. Stevens pour les juments. Il prévoyait de charger certaines de ses affaires sur mon attelage. Mais maintenant...

Je fixai Hiram des yeux avec une lueur d'espoir.

— Katie, reprit-il, je n'aime pas les hommes qui trompent les petites filles et abattent de bons chevaux. Je pourrais lui parler...

— Peu importe ce qu'il dirait, l'interrompis-je. Je ne le croirais pas.

— Tu as raison, reconnut Hiram en faisant un geste de la main accompagné d'un hochement de tête. Comment savoir où est la vérité avec lui ?

Il me tapota le haut de la tête :

— On pourrait partir tous les deux cette nuit.

J'aurais voulu me jeter à son cou, mais je savais que cela ne lui plairait pas et que mon geste ferait sursauter le mustang. Je continuai donc d'avancer calmement, puis tendis la main à Hiram. Il tendit la sienne en retour et nous échangeâmes une poignée comme deux hommes venant de conclure un marché.

— On ne prend que ce qui est à nous, ordonna-t-il.

J'acquiesçai. Puis je pointai le menton vers le licol :

— Il n'est pas à moi, la couverture et le fusil à silex, non plus. Je me suis dit que je leur enverrais de l'argent dès que je pourrais.

Hiram hocha la tête d'un air sombre :

— Ça fait trois ans que tu travailles pour eux et que ta seule récompense, c'est un peu de nourriture et des coups de fouet. Est-ce que tu es prête à travailler aussi dur pendant notre voyage ?

— Bien sûr, lui promis-je.

— Dans ce cas, je laisserai un sou ou deux

dans la porcherie pour le licol et la couverture. Tu me rembourseras en m'aidant.

— Oh, merci ! dis-je dans un souffle.

C'est alors que je fus prise de frissons. Je serrai autour de moi la vieille veste de Mme Stevens. Ce faisant, je décidai qu'elle et ma robe usée constituaient mon salaire pour le travail rendu, tout comme les bols de bouillie d'avoine froide. Le mustang ? Eh bien, M. Stevens avait décidé de l'abattre, il n'avait donc plus de valeur pour lui.

Hiram fit son petit bruit indécis et je levai les yeux :

— Et le cheval ? Tu crois qu'il restera avec toi, qu'il suivra un chariot ?

J'acquiesçai en silence. C'était vrai. Ce *devait* être vrai.

Il nous fallut presque une heure pour attraper les juments dans le pâturage, les atteler, puis charger toutes les possessions d'Hiram sur le plateau en bois du chariot. Cela faisait longtemps qu'il envisageait de partir vers l'Ouest. Il avait des tonneaux remplis d'eau, un petit broyeur à grains à lame d'acier, un sac de haricots, une bouilloire, et beaucoup d'autres objets que je ne pus identifier dans le noir.

Nous décidâmes que je mènerais moi-même l'étalon, en marchant avec lui juste derrière le chariot, pour qu'il soit moins tenté de s'emballer. Les chiens aboyèrent peu sur notre passage, car Hiram leur lança des quignons de pain rassis. Je retins néanmoins ma respiration, m'attendant à ce que le bruit des roues réveille M. Stevens, mais nous atteignîmes la route sans encombre.

Nous marchâmes en silence toute cette longue nuit. Puis, une demi-heure avant le lever du soleil, nous passâmes devant la ferme de mes parents. Je ne la voyais pas très bien dans le noir, mais je connaissais chaque millimètre de cet endroit. J'imaginais la maison, le jardin, le champ de pommiers que mon père avait planté. Je savais aussi, exactement, où se trouvaient les trois petites pierres qui indiquaient l'emplacement des tombes. Hiram fit stopper l'attelage. Je l'entendis bloquer le frein.

Je contournai le chariot avec le mustang avant de m'arrêter, les yeux fixés sur le petit chemin qui conduisait jusqu'à la ferme. La forme de la maison se détachait sur le ciel étoilé.

— J'ai connu un peu tes parents, me dit Hiram. À l'église, et aussi parce que j'ai construit une grange un jour pour les Peery. Ton père était très fier de toi. Je sais qu'il l'est toujours.

Il s'interrompit un instant, puis reprit :

— Je le serais aussi.

Mes yeux se noyèrent de larmes. Le mustang m'effleura le haut de la tête avec le nez. Je levai le bras pour presser ma main contre son encolure pendant que je regardais la maison de mes parents, assise sur son éminence. Ma maison.

— Au revoir, murmurai-je.

Ma gorge me fit mal. Je voulais gravir le chemin, toucher les tombes, laisser courir mes doigts sur les stèles et me souvenir de tous les matins où je m'étais éveillée dans cette ferme, de toutes les fois où j'avais joué avec ma sœur dans le grenier, de toutes ces années heureuses au commencement de ma vie.

Mais je savais que c'était impossible — sans alerter les personnes qui vivaient là désormais. Ces gens me poseraient des questions ; ils diraient à d'autres que nous étions passés ; ils se sentiraient même peut-être obligés d'informer M. Stevens que j'avais pris son cheval — et s'ils avaient des chiens en liberté, le mustang risquerait de m'échapper.

— Au revoir, murmurai-je une seconde fois, les yeux fermés. Je vous aime.

— Ils te protégeront, où que tu sois, Katie, me dit Hiram d'une voix douce. Tu ne peux pas les laisser ici — ils vivent dans ton cœur. Par contre, dire au revoir à la ferme, ça, tu le peux.

Je chuchotai donc les mêmes mots une nouvelle fois.

Après un long moment, nous reprîmes la route. Nous continuâmes de marcher, d'un rythme régulier, comme nous l'avions fait toute la nuit. Le ciel vira du noir au gris, puis éclata de teintes rosées, tandis que nous poursuivions notre chemin, le dos tourné au levant, en direction de l'Ouest.

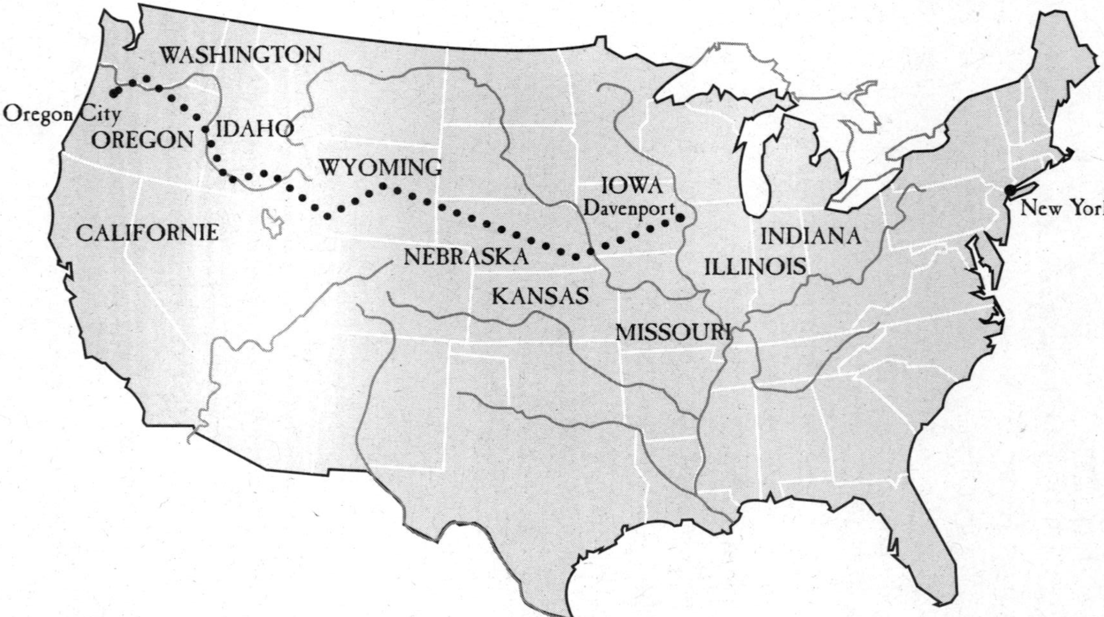
WASHINGTON
Oregon City
OREGON
IDAHO
WYOMING
CALIFORNIE
NEBRASKA
IOWA
Davenport
KANSAS
MISSOURI
ILLINOIS
INDIANA
New York

Note de la traductrice

« Comme beaucoup de monde, et jusqu'à un certain âge, la traductrice a cru que la conquête de l'Ouest, c'était les westerns vus à la télévision, les cow-boys et les Indiens, les saloons.

Puis elle a appris en grandissant que le mythe du cow-boy était né dans l'esprit d'un auteur de livres, d'abord, puis avait été repris, très vite, par le cinéma naissant du début du XXe siècle, à Hollywood.

Et voilà que encore plus âgée, elle découvre Katie et son cheval sauvage, et qu'elle se dit : « Quelle meilleure occasion de parler de ce qu'elle aime, les États-Unis, les cow-boys, les Indiens, mais en rétablissant un peu la vérité ! »

Katie a sans doute existé. Son cheval sauvage, aussi.

La conquête de l'Ouest, c'est d'abord, et avant tout un événement historique, véridique : un exode, massif. Dans la première moitié du XIXe siècle, des milliers d'Américains, habitant entre la façade Atlantique et le Mississippi, ont décidé de partir à l'aventure. Ils ont abandonné leur maison, chargé ce qu'ils possédaient dans des charrettes, dans des chariots bâchés, et à pied, en radeau, en bateau à vapeur, ils ont passé le Mississippi, la « frontière » de l'Amérique d'alors, et ils ont entamé une route de plus de trois mille kilomètres à travers des terres inconnues et peuplées d'Amérindiens.

Leur but, c'était d'arriver dans l'Oregon ou la Californie pour y vivre mieux, plus heureux, en y exploitant les forêts et les sols riches dont on leur avait parlé. Mais aussi pour y trouver un climat plus sain, où ils échapperaient aux maladies qui tuaient beaucoup d'entre eux là où ils habitaient. Et puis, après 1848, c'est la découverte de l'or qui a lancé une nouvelle vague de pionniers sur les pistes, pour la fameuse et toujours aussi mythique ruée vers l'or.

Tous ces colons, c'étaient les Stevens, les Kyler, les McMahon et tous les personnages que Katie nous fait découvrir ici, au fil d'une belle aventure, une vraie ! »

Catherine GUILLET-DANISON

Kathleen Duey

L'auteur a grandi dans le Colorado. Elle a longtemps vécu en ermite. À 35 ans, elle se lance dans l'écriture. Elle est auteur de plus de 50 livres mettant en scène l'histoire américaine.

Jne jument extraordinaire N°6
oyce Rockwood

"Ma jument est vraiment extraordinaire" répète sans cesse écureuil, le jeune Indien Cherokee. Mais, dans le village, tout le monde se moque de lui : sa jument n'a rien de plus qu'une jument comme les autres! Alors, quand elle est volée, personne n'est prêt à aider le jeune garçon à la récupérer. "Eh bien, j'irai, seul, et je la ramènerai."

kavak N°1
ames Houston

Akavak est encore un enfant quand il part avec son grand-père pour une longue traversée du Grand Nord Canadien. Dans le froid et la glace, Akavak découvre le secret des montagnes et de la mer gelée. Mais il frôle la mort à plusieurs reprises. Arrivera-t-il au bout du voyage?

James Houston a publié, dans la collection Castor Poche : L'archer blanc, Le passage des loups, et Tikta'Liktak.

Les années

PRIMAIRE

avec **CASTOR POCHE**

Bo, l'enfant pluie N°856
Gunter Preuss

Dans le désert du Kalahari, en plein coeur de l'Afrique, la tribu de Bushmen vit au rythme des saisons. Cette année, la pluie tarde. Et sans eau, la vie est impossible pour le jeune Bo et tout son village. Il n'y a que les babouins qui paraîssent ne pas souffrir de la soif. Bo et son amie Ada décident de percer le secret des singes. Un matin, les enfants quittent le campement...

Les années

PRIMAIRE

avec **CASTOR POCHE**

Un héros pas comme les autres N°742
A.-M. Desplat-Duc

Mathias est un jeune paysan. Il est amoureux de la belle châtelaine Aélis. Mais comment gagner son cœur face à son rival le comte Lebigle ? En demandant un petit coup de pouce à l'auteur ! Seulement Mathias vit au Moyen Age, Aélis habite un château fort, et l'auteur leur parle d'hélicoptère et de téléphone... Quel mélange explosif !

Les années
PRIMAIRE

avec **CASTOR POCHE**

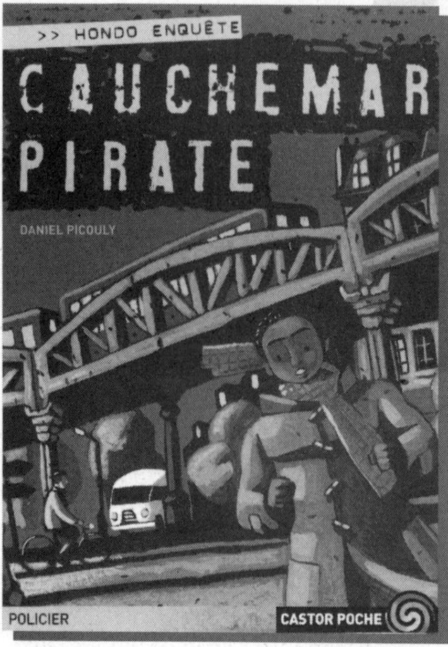

Cauchemar pirate n°538
Daniel Picouly

Hondo est hanté chaque nuit par un cauchemar : il assiste, impuissant, à un crime dans une maison abandonnée du quartier. Hondo en est sûr, le nœud de l'énigme se trouve là-bas. Avec ses copains du Club des Ruines, il va mener l'enquête. La réalité n'est pas si éloignée du cauchemar...

Retrouvez les aventures d'Hondo dans : Le lutteur de sumo et La coupe du monde n'aura pas lieu.

Les années

PRIMAIRE

avec **CASTOR POCHE**

L'ancêtre disparue
Lorris Murail

n°465

Pendant les vacances, Arthur, Corinne et Marinette découvrent un étrange album de famille. Certaines photos sont volontairement découpées ! Qui a-t-on voulu oublier ? Pourquoi ? Aucun membre de la famille ne semble vouloir se souvenir : les enfants décident de mener l'enquête.

Les années

PRIMAIRE

avec **CASTOR POCHE**

On l'appelait Tempête
Colin Thiele

N° 152

Tempête vit seul avec son père, en Australie, au bord de l'océan Indien. Un jour, il découvre trois jeunes pélicans dont la mère a été tuée par des chasseurs. Il les ramène chez lui et les soigne. Moncieur Perceval, son préféré, grandit près de lui. Mais les chasseurs rôdent toujours...

Les années

PRIMAIRE

avec **CASTOR POCHE**

Vif Argent N°248
Josep Vallverdu

Vif-Argent, le jeune chiot, s'est échappé de la voiture de ses maîtres. Après une nuit à la belle étoile, il est recueilli par Louison qui l'emmène vivre avec lui à la ferme. Jour après jour, le chiot fait son apprentissage de la vie. Mais il lui reste de dures épreuves à affronter...

Les années
PRIMAIRE

avec **CASTOR POCHE**

Cet
ouvrage,
le mille quatrième
de la collection
CASTOR POCHE,
a été achevé d'imprimer
sur les presses de l'imprimerie
Maury Eurolivres
Manchecourt - France
en octobre 2005

Dépôt légal : mai 2005.
N° d'édition : 2788. Imprimé en France.
ISBN : 2-08-16-2788-4
ISSN : 0763-4497
Loi n° 49-956 du 16 juillet 1949
sur les publications destinées à la jeunesse